外婆家

盛　慧／著

人民文学出版社

图书在版编目(CIP)数据

外婆家/盛慧著.—北京：人民文学出版社,2020（2022.10重印）
ISBN 978-7-02-015412-8

Ⅰ.①外… Ⅱ.①盛… Ⅲ.①散文集—中国—当代 Ⅳ.①I267

中国版本图书馆CIP数据核字(2019)第154935号

责任编辑　付如初　马林霄萝
装帧设计　黄云香
责任印制　任　祎

出版发行　人民文学出版社
社　　址　北京市朝内大街166号
邮政编码　100705

印　　刷　三河市宏盛印务有限公司
经　　销　全国新华书店等

字　　数　118千字
开　　本　880毫米×1230毫米　1/32
印　　张　6.5　插页3
印　　数　12001—15000
版　　次　2020年1月北京第1版
印　　次　2022年10月第4次印刷

书　　号　978-7-02-015412-8
定　　价　35.00元

如有印装质量问题，请与本社图书销售中心调换。电话：010-65233595

目 录

胃的回忆	1
风像一件往事	16
十二月	19
春软	22
记得	25
生日	29
水像一个手势	31
乡村的夜晚	34
灶屋	38
腊月的最后几天	43
次品	46
哈利路亚	62
一瞬之夏	73
世界如此遥远	90
1985—1990:小学时光	105
集邮记	114

南方葬礼	127
乡村的节奏	136
最后的晚餐	138
小镇上的"圣诞老人"	142
被遗忘的北街	148
不速之客	152
外婆家	155
将尽	168
人间一别	189
归期临近	199
除夕夜的火焰	201

胃的回忆

1

小镇是极其乏味的,什么特产也没有。周边的小镇可不是这样,有的盛产小酥糖,有的盛产玉带糕,有的盛产猪婆肉。这是离县城最远的镇,往西再走三四里地就是邻县了。因为挨得近,连说话都和邻县有几分相像。比如,把吃午饭叫"吃点心",把吃晚饭叫"吃夜饭",把吃夜宵叫"吃夜半餐"。地处偏僻自然就容易被人遗忘,直到我十岁之前,镇上连一条公路都不通,唯一的交通工具是轮船。早上,天还没亮透,汽笛声就在小镇上空呜呜回响。傍晚时分,船回来了,它走得很慢,像一个疲惫不堪的孕妇,如果不是浪花翻腾,你几乎觉察不到它在前进。

轮船码头很热闹,码头旁有一家杂货店,在我眼中,它是小镇上最接近天堂的地方。在生命最初的岁月里,我就透过这扇门,想象着小镇之外那遥远、辽阔而又无比绚烂的世界。

杂货店没有招牌,镇上的人都叫它"老邱店",因为老板姓邱。他长得白净而又斯文,穿着蓝色的中山装,脸一天到晚红通通的。绝大部分的时间,他都站在柜台边,用竹节般瘦长的手指打着算盘,有节奏的噼啪声音在幽暗的房间里回荡,不紧不慢,悠然自得,带着一种秘密的欢乐。打累了,他就拿一块湿抹布,这里抹两下,那里抹两下,像个家庭主妇一样,把每一只瓶瓶罐罐都擦得锃亮如新,连货架缝隙里的一点灰尘也不放过。开始的时候,店里只有他一个人,后来,生意太好,他忙不过来,又找了两个妇女来当营业员。这两个人一个又高又瘦,一个又矮又胖,不过,她们却很和善,见谁都是笑眯眯的。她们的口音很特别,说起话来,软绵绵的,像轻柔的风。

　　杂货店里的东西很多,但却收拾得井井有条。角落里的大肚罐,像弥勒佛的肚子一样,里面盛放着散装酱油,颜色很像店里的光线,它的气味最浓烈,又咸又鲜。农具堆在角落里,散着暗蓝的微光,走过去,会闻到一股类似于血的铁腥味。此外,还有烧酒的辣味、洋油的膻味、光荣牌肥皂的香味、的确良布的酸味、小人书的油墨香味、回力鞋的橡胶味、火柴的硫黄味……被各种各样美好的气味所包围,这就是我最早体会到的美好。

　　杂货店里的气味并非一成不变,而是有季节性的。夏日的清晨,是杂货店最忙碌的时分,买完菜的人,提着新鲜的鱼走进来,买一包盐,或者打一瓶酱油,鱼腥味就留在店里,经久不散。午后,杂货店相对冷清,一走进店里,就会有一股阴湿的凉意,这是幽暗的老房子特有的气味。而到了傍晚,在阳光下晒了一天的杂货店,充满烤韭菜饼的香味。冬日的清晨,店里生了煤炉子,散发出一股刺鼻的煤烟味,还有女人们身上好闻的雪花粉味,到了中午,是大蒜炒咸肉的味道,下午总有人在店里打纸牌,留下呛人的烟草味。

祖母活着的时候,我像她的小尾巴,她走到哪里,我就跟到哪里。每次跟她上街,我就特别开心,像小鹿一样在祖母前面一跳一跳,可只要走到老邱店门口,我就像中了邪一样,迈不动腿了,小嘴嘟起,眼睛不住地朝店里张望,装出一副可怜兮兮的样子。炫目的阳光,也像我一样,巴在窗户上,吮吸着店里的芳香。如果祖母不理我,我就抱住她的腿,就像溺水者死死地抱着木桩一样。如果她还不停下脚步,我就会使出撒手锏——在地上打滚,可祖母从不向我妥协。

店里最吸引我的是柜台上那几只透明的玻璃罐。有的放着水果硬糖,有水蜜桃味的、哈密瓜味的、杧果味的,还有菠萝味的;有的放着五颜六色的小圆糖,一分钱可以买上五颗;有的放着桃酥,用桃红的纸包裹的,油已经将纸沁透,只要一打开玻璃瓶盖,那芳香就直往我鼻子里钻。不过,在所有的美食中,最吸引我的是一种叫做"牛鼻头"的食物,这是用面粉油炸而成的,形状很像牛鼻头,吃起来,香甜酥脆。为此,我还做了一次小偷。有一天,我在家里翻箱倒柜,终于在《毛主席语录》里翻到了一些钞票,那时的我对钞票的面额还没有什么概念,从中间找了一张最大最漂亮的,便从家里偷跑出来。

我一口气跑到了老邱店,像芭蕾舞演员一样踮高脚尖,装出一副大人的样子说:"老邱,我要'牛鼻头'。"老邱愣了一下,笑眯眯地问:"要几个?"我想也没想,把钞票往柜台上一拍,吞起了口水。我不敢说话,怕一说话口水就喷涌而出。他慢腾腾地打开玻璃罐,把沉睡的"牛鼻头"一只只夹出来。等他把"牛鼻头"递给我的时候,我吓了一跳,连忙摆手。我原本只要一个,他却给我一大堆。我一下子不知所措,情急之下,想出一个好办法,把外套脱下来包好,像抢劫犯一样,背在肩上。一路上,我都愁眉苦脸,这么多"牛鼻头"我能藏在哪里呢?如果被父亲发现了,我肯定又要挨揍了。刚到村口,婶婶见到我,吃惊地问:"你买那么多'牛鼻头'干吗?"我用袖子抹了抹鼻涕,吞吞吐吐地说:"我、我……我家来客人了。"回到家,我开始吃"牛鼻头",一直吃到肚子滚圆,站都站不起来了方才停嘴。那天晚上,父亲回到家,我才知道我拿的那张钞票是五元,那个时候,父亲从山上挑一担一百五十斤的柴,走几公里山路,才能挣几毛钱。父亲气坏了,把我吊在梁上痛打了一顿。

2

母亲在服装厂上班,厂里有几百号女工。下班的时候,站在厂门口,我就觉得眼睛不够用了。厂门口总会站着几个穿喇叭裤、叼着香烟的年轻人。女工们一出来,他们就吹口哨,好像吹几声口哨,最漂亮的那个女工就会跟着他们回家一样。我也想吹口哨,可我老是学不会,一点出息都没有。

年轻的女工总要结婚的,就像树上的果子,成熟了就要被人摘掉。母亲是缝制组长,大小也算个官,只要有女工结婚,就会派喜糖给她,不多不少,每次八颗。母亲舍不得吃,总将糖藏起来,一直藏到过年。母亲很节约,只要能长期保存的东西,都要放到过年,好像只有过年那几天才是正儿八经的日子,是人过的日子,其他的日子都是用来应付的。

母亲的做法,并没有什么大惊小怪,镇上的人大多和她一样节约。比如,在其他地方,下馆子吃饭是再正常不过的事情,在这里却几乎和败家子画上了等号。如果有一个人突然不想做饭,去小吃店里吃碗客饭,那他立刻就名誉扫地了。他还没回到家,就会被人扣上败家子的帽子,直到下辈子才能摘掉。小镇上的人,大多喜欢存钱,只有存折上不断增加的数字才能让他们感到踏实。如果挣到了九十九元,他们就会想办法借一元钱,存到银行里去吃利息。我小时候常常听大人说吃利息,一直以为利息真是什么好吃的东西呢。

母亲知道我和哥哥嘴馋,所以每次藏糖都神神秘秘的,像是藏金银珠宝似的。可是,家里本身不大,能藏东西的地方十分有限。母亲想尽了法子,也终究逃不过我们的法眼。

父母不在家的时候,我和哥哥就开始翻箱倒柜,把所有被褥啊、衣服啊全翻了出来,最后,我们终于在一件旧棉袄的袖子里找到了。

那一天,我们吃糖都吃饱了,我觉得最好吃的是大白兔奶糖。糖吃多了,一说话,嘴里全是奶油味。我们刷了三遍牙,那味道还没有散去,很担心被母亲发现。幸好那天晚上,母亲厂里要加夜班,回来的时候,我们早已经睡到苏州去了。

母亲积累了几个月的糖很快被我们吃了一半,我们开始担心被母亲发现。哥哥灵机一动,叫我找了一堆小石子来,用糖纸一块块地包好。年底那几天,我变得特别紧张,担心东窗事发,被母亲责骂,但是,母亲好像压根就不记得这回事似的,竟然什么也没说。

3

对乡村的孩子来说,暑假是最自在、最快活的。在村口的大树下,老人们睡完午觉开始打麻将了,斑驳的阳光,从叶子上面洒下来,形成一个又一个圆点,光线过于强烈,让老人们看上去,有一些不真实。可是,噼啪的麻将声,还有谈话的声音,却又时时提醒着你,这一切是真实的。在他们的旁边,一个老太太在卖凉粉,她头上盖着一条蓝白条子的毛巾,把眼睛眯成一条线。有人来的时候,她就吆喝几声,没人来的时候,就在旁边看老人们打麻将,她对麻将一窍不通,但别人笑的时候,她也会跟着笑。

孩子们在河里游泳,又在小桥上跳水,玩累了,就在河滩上烤鱼。大家分头行动,有的从家里偷了油,有的偷了盐,有的偷了酱油,有的偷来了火柴。我当时年纪小,负责捡树枝。几个水性好的大孩子,在河里摸鱼,一条条地扔到了岸上。岸上的孩子开始生火,大家围着火堆坐成了一个圈。不一会儿,空气里渐渐飘浮着芳香,孩子们都在咽着口水。鱼终于烤好了,虽然有一些地方烧焦了,但吃起来非常香。吃着吃着,大家的脸都像花面老虎了。

乡村除了鱼多,蛇也很多。夏夜乘凉的时候,大人们总喜欢讲一些稀奇古怪的事情,让人听了毛骨悚然。比如,每户人家家里都有一条蛇,这蛇是家蛇,是看家护院的,不能打。每座坟堆里也有一条蛇看护,也不能打。据说打了这些蛇,家里就会有灾难降临。父亲干活时经常遇到蛇,他曾亲眼看见一条晒太阳的巨蛇,头在小河这边的树上,尾巴在小河那边的树上,远远望去,好像一张黑色的吊床。

我第一次吃蛇,是在外婆家。我记得那年暑假,我是在外婆家度过的,那简直是天堂般的日子。每天傍晚,我都要和两个表姐去田里钓田鸡。那个时候,我觉得两个表姐,是世界上最漂亮的女孩。

村子里有两个大男孩,喜欢摸鱼和河蚌。有一天他们竟然捉到一条蛇,有扁担那么长,挂在树枝上,用破碗的瓷片剥了皮。老人们说,不能在家里煮蛇,只好在村东边的大树下支一口锅来炖,家家户户都从家里拿了鸡蛋,放在里面煮。我和大表姐也从家里拿了一碗鸡蛋,一路上,我好奇地问,为什么不在自己的家里煮呢?大表姐说,蛇也有家人的,到时它们会来报仇,钻到被窝里咬人。我一听,汗毛都竖了起来,将信将疑地说:"真有这样的事吗?"大表姐说:"可能吧,我也不知道。"

村东边的小树林里围了一圈人,手里拿着一只空碗,都在等待着,锅里的汤汁鲜白,香味一阵阵地飘过来。大家一边等待,一边吞着口水。蛇终于煮烂了,大家都争着去抢,大表姐好不容易抢到一块肉,她舍不得吃,给我吃了。可怜那两个捉蛇的男孩,最后一块都没吃到。肉很快吃完了,便开始喝汤,他们都说鲜得眉毛都掉下来了,我却闻到一股土腥味,只喝了一口,便不再喝。

回家的时候,我又问大表姐:"蛇是怎么找上门的?"大表姐说:"它们能闻到气味吧。"我吓坏了,心想,那吃过蛇的人,会不会都被盯上?我怕大表姐说我胆小,话到了嘴边,又咽了回去。傍晚去钓田鸡的时候,我的心悬在空中,我让大表姐走在最前面,小表姐走在最后面。只要草丛里发出响动,我的头皮就会一阵发麻,鸡皮疙瘩像潮水一样涌上来。

4

起初,外公在邻县的一所乡村小学教书,平时住在学校,星期六晚上回来。他任何时候都笑眯眯的,有时候我实在调皮,他就假装生气地说"信不信我打你"。我一点也不怕他,把他的话当耳边风,他就轻轻拍一下我的屁股,好像帮我拍裤子上的灰尘似的。

父母对我很抠门,从不给零花钱,我就跟外公要,他有时给,有时也不给。他不给的时候,我就趁他不注意,一把抢走他上衣口袋里的钢笔,跑到院中的水井边,要挟说:"快给钱,如果不给,我就把钢笔扔到井里。"他不情愿,但又没办法,只好摸出一两毛钱给我。我便跑到杂货店,换上一块杏仁饼,或者几颗小圆糖。

外公退休后,去了邻县的县城,在菜场收税。他的工资很低,每月七十元,后来,外婆也跟去了,帮人带小孩子,每月有一百元。他们租住的房子,一个月三十元。房子很小,不足十平方米,原本是房东家的厨房,里面只能放一张小床,一张桌子。房子虽小,但毕竟是城里,让我很向往。只要一放暑假,我就会去过几天城里人的生活。

夏日里,外婆做的早餐,几乎是一成不变的,总是泡饭和炒西瓜皮。前一天晚上吃完西瓜,她就开始忙碌,刨皮、切丝、腌制、挤水、晾晒,到了早上用菜油爆炒,又淋上几滴香油,西瓜皮吃在嘴里,会发出一阵阵脆响,用老家的话说叫"嘎嘣脆"。

中午是最值得期待的。外公下班回来,总会买一样卤菜回来,有时是盐水鹅、盐水鸭,有时是烧鸡,有时是猪耳朵。外公吃得很少,吃一口肉喝一口酒,一块肉夹起又放下,要七八次才吃完。天天有肉吃,我实在想不出世界上还有比这更幸福的事情了。

如果不下雨,我们就搬了桌椅到场院上吃夜饭,等到路灯亮起来,天空变成了淡紫色,风开始有了些许的凉意,我们便洗澡乘凉。这时,在水桶里泡了一下午的西瓜准备上场了。每次切瓜,我都站在旁边,西瓜中间有一块是没有籽的,我们老家叫"葡萄肉",外婆总会先挖出来给我吃。至于为什么叫"葡萄肉",我至今都没搞明白。

屋子被阳光烤了一天,连窗户都烤得愁眉苦脸,每一样东西摸上去都是滚烫的,好像刚烧完饭的灶膛。到了后半夜,乘凉的人才陆续散去,房子里依然很热,但因为明天还要上班,只好硬着头皮进了屋。落地电风扇发出咯吱咯吱的声响,好像咬紧了牙,可吹出来的风,总是热乎乎的。睡眠像一条虚线,睡了又醒,醒了又睡。外婆是个基督徒,我睡觉的时候,她在祷告,半夜醒来,她仍然在祷告。

县城里最吸引我的地方是新华书店。我在里面一待就是半天,但是,我只买很薄的书,比如中国台湾作家罗兰、新加坡作家尤今的书,我知道外公收入不高,我不能买太贵的书。外公就一直在门口等着,等着给我付钱。外公是个很节约的人,三块小小的豆腐干,就能下半斤烧酒。他虽然节约,但是买书的时候,从来都不会皱一下眉头。

县城的时光,大多是快乐的,偶尔也会有不愉快的插曲。我记得一天下午,房东家的孩子看完电影回来,手上拿了一听易拉罐,得意地向邻居家的小孩炫耀。从他们的谈话中,我得知这叫"健力宝",很贵,一听要卖三块五呢。邻居家的小孩百般央求,终于喝上了一口,一喝完,就开始打起了嗝。我也想喝,但又不敢开口。我情绪低落,外公外婆跟我说话,我也爱答不理。吃饭时,我吃得很慢,一颗一颗地吃着米饭。外婆摸了摸我的额头说:"病了吗?"我摇了摇头说:"口渴。"外婆说:"我给你倒杯水。"我说:"不要。"外婆又说:"吃完饭,去买酸梅汤!"我很委屈,心想他们为什么不知道我的心思呢!外婆又说:"那买橘子水吧!"我吼道:"不要,我要健力宝!"他们一听,迷糊了。正在喝酒的外公笑着问:"健力宝是什么东西,我从来没听说过。"我气愤地说:"反正……反正就是世界上最好喝的饮料。"外公追问道:"到底哪里好喝呢?"我没喝过,答不上来,憋了半晌说:"喝了它能不停地——打嗝。"外公一听,咧开嘴笑了。他继续喝酒,不再理我。那天晚上,我一直在生气,嘟起的嘴上可以挂一只酱油瓶。我暗暗发誓,这辈子都不喝"健力宝"。

外公家门口的巷子叫永新巷,巷口有一家面包店,每天早上八点,我都会准时出现在那里。我不是去买面包,而是闻面包的香味。这是县城才有的芳香,只要闻一闻,我就觉得很愉快、很满足,就会觉得世界无比美好。那时,我已经十三岁了,还从来没有吃过面包呢。烤面包的是个女孩,十八九岁的样子,扎着马尾辫,包着暗红色的头帕。她长得并不漂亮,但很白,很爱笑,一笑就露出小虎牙。她将金黄的面包放到玻璃柜时,动作温柔,充满怜爱,好像放的不是面包,而是一个个可爱的小宝宝。暑假结束,我要回家了,经过面包店时,心中竟有一种莫名的伤感。

过了几年,外婆年纪大了,不再带孩子了。她开始捡纸皮。她家旁边开了一家大型的服装批发市场,她每天上午去一次,下午去一次,每一次都满载而归。那几年,外公和外婆经常拌嘴,外公是极爱干净的,可是家里却堆满了垃圾,连床底下都是。

过年前,外婆会让我和哥哥去挑一身新衣服,这是最难堪的时刻。我们总是远远地跟在她身后,装作不认识她。买完衣服,她舍不得走,总要跟店主自豪地介绍我们,我们却觉得很没面子,总是低着头,不停地催促她。

5

外公和外婆在县城住了十年,搬回了乡下。舅舅修新房时,外婆拿出了一大笔钱,那是她从县城里"捡"来的。

外公和外婆在乡下住了十来年，又搬了一次家，这一次，搬去了青草底下。

每当想起他们，我想到的竟然不再是那些悲痛欲绝的生离死别，而是一个平常得不能再平常的日子。具体是哪一年，我已经记不住了，只记得那是大年初一的傍晚，地上铺了厚厚的一层雪，踩在上面，发出吱吱吱的声音。通往镇上的道路也被覆盖了，邻近的村庄，都藏在灰暗的光线里。天地之间，一片苍茫，村庄就像是世界上最后一个村庄，我们像村庄里唯一一户人家。

我和两个表姐在看电视剧《红楼梦》，电视机是黑白的，上面贴了一张彩色的塑料纸。电视里也正下着大雪，一帮人正围着炉子，吃着烤肉。我的口水开了河，边看边咽。外婆推门进来，带来一阵凛冽的风和细细的雪末。不知何时，雪又下了起来。她叫我们吃饭，我们却赖着不肯走。过年不能骂小孩，也不能打小孩，所以我们一点也不怕她。外婆叫不动我们，只好向外公求助。外公答应多给我们一份压岁钱，我们却得寸进尺，耍外公背我们。外公只好背着大表姐，左手抱着我，右手抱着小表姐，像一只大熊背着三只小熊，摇摇晃晃来到堂前。

桌子上放了满满的一桌菜，看一眼，肚子就饱了。凉拌海蜇、风鸡、咸鸭、白切羊肉、卤牛肉、卤猪舌、红烧草鱼、红烧狮子头、红烧团鱼、肉皮冻、白芹炒肉丝、雪菜炒豆芽，中间的大海碗里是咸肉煨笋。

这其中,最值得一说的是咸肉煨笋。咸肉是腊月做的,品尝过白雪的气息,吸收了阳光的气味,像是清瘦的修道高人,肉质结实紧致,充满干香。笋是冬笋,又白又嫩,像少女的足。冬笋是有小脾气的,如果清炒,刚进嘴的时候,舌头会有些发麻,但如果和咸肉放在一起炖,它的那点小脾气就荡然无存了。

我刚坐下来,外婆就往我碗里夹了一条风鸡腿。每个人都要喝酒,外公喝的是烧酒,我们喝的则是封缸酒,是糯米做的,很甜,好像把我的嘴唇粘住了一样。我不停地和外公碰杯。外公笑着问:"长大了,你会不会买酒给我吃?"我抹了抹嘴说:"到时候,我给你开个酒厂,你随便喝。"众人都笑了。

吃过夜饭,大家喝茶聊天,桌子上放着瓜子、花生、金枣、酥糖、寸金糖、玉带糕。因为是过年,大家说的都是开心的事情。外婆问我说:"你长大了会不会养我?""当然养,"我顿了顿又说,"每一个都养,我每天给你们发压岁钱。"

喝了一会儿茶,小表姐不知从哪里找来了扑克,提议打"争上游"。我们玩得很开心。外面还在下着雪,天很冷,我们的脚都冻僵了,仍然不肯收档。外婆给我点了一只脚炉,两个表姐都说她偏心。一直到十一点半,眼皮打起了架,我们才肯回房睡觉。

第二天早上,我睡得很沉,外婆一连叫了三遍,我仍舍不得离开热乎乎的被窝。外婆只好将绿苎头的团子焐热,一口一口地喂我。她笑着说:"你昨夜在梦中打牌了吧?"我吃惊不已,外婆竟然连我做什么梦都知道。"这还不算好笑,好笑的是,你和小阿姐两个一起打,"她又接着说,"你在梦里说红桃五,她马上就说黑桃七。你说方块六,她马上说梅花十。"两个人在梦里还会打牌,这样的事情,我真是闻所未闻,笑得嘴都歪了……

时光如尘,日夜堆积。如今,外公和外婆已经成了夜晚的一部分,寂静的一部分。他们消失于时间深处,就像风消失于街道的拐角。曾经充满欢乐的房子,如今蓄满回忆与忧伤。一把生锈的铁锁绑架了房子,昏暗的光线,像丛生的杂草。

而那个平常得不能再平常的日子,在多年以后回想起来,竟然如此美好、温暖,让我不禁眼角湿润。那时,外公和外婆都在,我可以尽情地撒娇。时间的流逝如此缓慢,几近停滞,让我误以为一切都恒久不变,我们永远不会长大,他们也永远不会老去……或许,那就是最好的时光吧。

风像一件往事

  和大平原上所有的村庄一样,我们的村庄,也是一本没有打开的绿封皮的书。木叶上栖息着风、鸟儿和往事。低低的房舍,像一枚枚苦涩的楝树果,布满时间的痕迹。青草围绕的池塘,在村落中间,像一面镜子,发出祥和、恬美的光芒。宽阔的黄泥大道,像一阵风吹进村庄,而后散开,吹向草垛、打谷场、菜园、堂前、埠头、后院,吹向村庄的每一个角落。

  从村子前面流过的屋溪河带来了鱼群忧郁的清唱和天空瓦蓝的目光,使村庄洁净而又明亮。但是雨过之后,河水就会浑浊起来,一个连着一个的旋涡,带来了河流上游的东西,比如,凉席、酒瓶和破衣裳。小时候,我并不知道屋溪河从哪里来,要到哪里去。对于它的茫然,正是对于时间的茫然,对于世界的茫然。

  更多的时候,我只能待在屋子里。我记得我们家那张没有光泽的桌子,它是我们家年代最久远的物件,它的安静有一种无法言说的威严。堂前总是散发着黄泥的光亮。我熟悉屋子里的每一件事物,我知道稻草芯做的扫帚,总是放在土灰色的门背后。米桶放在祖母的床底下。鸡窝上堆放着农具、秧篮和洗脚盆。

房子小得不能再小,屋檐低得不能再低,光线暗得不能再暗。除了半间堂前,还有一间房。中间用芦苇划开。里面的半间,就是爸妈的新房了。一切都是红漆的,雕花的大床、小橱、大橱、桌子、马桶。放了床单和大衣的藤条箱子,就搁在站橱上面,再上面是一条褐色方巾包好的牛皮日记本之类的东西。外半间是祖母的床,旁边是一张竹椅。坐在上面能发出吱吱嘎嘎的声音,一如祖母咯血的声音。

灶台就在祖母的床前。灶台当然被熏黑了。碗橱放在角落里,里面放着青花的碗碟,碗碟中间凿了父亲的名字。我记得,那时候我最喜欢坐在灶膛的草垫子上。

那里面黑咕隆咚的。稻草烧过以后,散发出一种淡淡的清香。明晃的火星,也让我感到一种温暖。下雨之前,风总是很大,炊烟吐不出去,会倒吹进屋子,这时,屋子里到处都是呛人的烟味。雨也开始下了,在青瓦上发出噼里啪啦的声音,我就躺在祖母的怀里,听一些久远的故事。

门前是一片打谷场,高大的馄饨树围绕在周围,成了一个绿色的围墙。小时候,我常常坐在门槛上,手里玩着泥巴,注视着形形色色的人群。再往南,就是屋溪河了。青石板铺就的河埠伸进清澈的水里。两棵斜斜的杨树,交织成一把伞。

夏日的午后,等大人们熟睡以后,我就溜到了河埠上。

烟囱鱼在水草边闲步,看来它和我一样是溜出来的,风从河对面吹过来,带着一些水汽。偶尔,鸟会发出几声深远的啼啭,让我觉得村庄里的一切,草垛、灰堆、房舍和光亮,一切的一切,都和往日不一样了,变得陌生起来。苦楝树站在河岸边,和我一样寂寞。偶尔,落下一个果子,要在水里发出寂寞的回响。

这是七月的一个下午,乌鱼在细细的淤泥里沉睡,竹林里躺在竹床上的人,用大蒲扇盖住了太阳的光斑。村口,硕大的老槐树下,一张散发着岁月光亮的八仙桌前,老人们正在打牌。地上,揿灭了一地的烟蒂。卖茶水和凉粉的人,躺在逍遥椅上。收破铜烂铁的溧阳佬,吹着一支笛子,从上一个村庄来。在村口买了一杯茶水,一边用凉帽扇着风,一边看老人们打牌。寂寞的平原,寂寞的天空,寂寞的房舍,寂寞的童年……

那是我生命中最初的记忆,想起来,总是有时清晰,有时茫然。在七月结束的时候,祖母搬到了山上。

十二月

  和所有的江南小镇一样,我的故乡也是一座时间的迷宫。时间在这里交错了,重叠了,模糊了,仿佛一张房契上印着不同人的指模。如今的早晨和几百年前的早晨,看上去并没有区别。如今开门的吱呀声和几百年前的,好像也没有区别。日头还是原来的日头。门也许还是原来的门。
  河道从小镇南边轻轻擦过,仿佛故意不发出声音似的,倒映着天光和房舍。街道交错,叶脉般的巷弄,曲曲折折地,进入了幽暗的深处。如果从高处往下看,鳞次栉比的屋脊,晾晒在日头底下,如同一件件打满补丁的破衣裳。明瓦上闪烁着刺眼的白光。
  小镇最热闹的是南街和北街。店铺像一个个火柴盒样挤在狭窄的街道两边。在南街和北街交会点上的是轮船码头,沿着镇上最大的河埠走下去,有一排光滑的铁环,那是用来拴船的。从浅滩上,可以看到那些店铺垒起的墙基上留下了一道又一道水线。我记得小时候,我曾在上面刻下过一个女孩的名字。
  早晨,天蒙蒙亮的时候,小镇就开始热闹起来。空气里充满了烧饼、油条、豆腐花的清香,吆喝声此起彼伏,奶油糖般的吴侬软语,与雾气一起弥漫开来。一些积水的地方,夜里结起了薄冰,踩上去,发出吱吱嘎嘎的碎裂声,声音在巷弄里,悠然自得地回荡。到雾气散得差不多的时候,人也散得差不多了。这个时候的小镇,就像一杯冷开水了。

眼睛一眨,就到了中午,阳光温煦。这是十二月里难得的好日子。阳光像渔网一样洒落下来,这时的小镇,就像一瓶甜酒。棉花房里发出弹棉花的嗡嗡声。起风时,从中药房里飘出了黄连、甘草和桔梗混合的味道。老虎灶上烧开的水在噗噗地响。没有人来泡水。细微的风在门口回旋着。老人们将大头棉鞋搁在铜炉上,铜炉里装着刚刚烧过的热草灰,明灭的火星发出咔吧咔吧的声音。

下午三点,天突然阴沉下来,摆出要下雪的架势。店铺早早地打烊了,因为,雪一下起来,街上根本不会有什么人了。从县城回来的末班轮船还没有到。街道灰暗,像被洗劫以后那样空空荡荡,风有些刺骨,刀子般锋利。瓦片和店铺的木板门在风的吹动中,发出低沉的声音,接近于呜咽。长褂般的落地窗,罗列在灰暗的光线里,总让人觉得那是逝者的背影。不知过了多久,汽笛响了,最后一班轮船靠岸了。

祖母抠了一篮子马兰从地里回来。路上到处都是没头没脑的风。天已经彻底黑了,像埋在野地里的荸荠。风叩门环。屋子里,开始弥漫起米粒的清香和水盐菜腐朽的气味。风很大,咣当咣当地吹着土灰色的门,每一次吹动,都会带进一缕光亮,也会将长台上豆花般微弱的灯光吹来吹去。你以为它已经熄灭的时候,屋子里又突然亮了起来。可是当你以为它不会再熄灭的时候,它却冒出了一缕青烟,熄灭了。祖母将美孚灯重新点燃,又从被絮下面,拿出糙纸,开始擦拭玻璃灯罩。天开始下起雪来。

春软

三月,阳光还是稚嫩的,草木带着清纯、甘甜的气息,吸一口,心里就甜丝丝的,清亮亮的。在无边无际的旷野里,小花正在绽放,露出好看的小牙齿,像一群叽叽喳喳的小女孩,讨论一块新买的鲜蓝布料。村庄的样子与上个月已经迥然不同了,光线要多明亮就多明亮,错落的房舍就像刚洗过澡一样,精神抖擞,露出了一片片雪白的身子和乌黑的头发,门上的红对联,像口红一样鲜艳。门口的场院上晾晒着过年时留下的年货,那些腌过的肥肉,像盐一样晶莹、透明,看一眼就让人心满意足。风像棉花糖一样柔软,拂在脸上,又满是羞涩地散开了。

上午的风,还带着些许凉意,到了中午,就暖和了许多,懒洋洋的,就像一个喝醉的人,走着走着,闭上了眼睛,找不到方向了。寂静无边无际,只有轻微的嗡嗡声,小虫子正在挥着翅膀,在草丛间忙碌。河水的颜色不似冬日那般凝重,浅绿浅绿的,显得很欢快,它拍打着小船,像母亲一边唱着催眠的小曲,一边拍打着熟睡的婴孩,满目深情。鱼儿们成群结队地从河底游到了水面,闭着眼睛,享受着阳光的抚摸。村子里的小路,现在仍然铺满碎金子般的阳光,但过不了多久,就会被浓密的树荫所遮盖,这树荫会变得越来越深,越来越暗,把明亮的小路变成幽暗的隧道,把我们的村庄变成黑漆漆的酒窖。

下午的村庄,就像一只空空的箩筐,除了风和蝴蝶,村子里没有任何来客。老妇们坐在场院上晒太阳,她们的身子就像是潮湿的床单,需要在阳光下反复晾晒。她们手里并没有闲着,有扎鞋底的,有补衣服的,有结毛衣的。她们谈论着陈年的旧事,谈论着逝去的人儿,语气平淡,却有一种清淡的芳香,就像夹在书页中的花瓣。

像一段早已熟悉的灿烂旋律,黄昏终于来临。这是孩子们最欢喜的时刻,在玫瑰色的光线下,他们像小狗一样欢快。他们开始捉迷藏,隐藏与寻找让他们获得难以言说的快慰。他们隐藏在门背后,隐藏在草堆中,隐藏在木橱里。他们隐藏在村庄的幽暗处,隐藏在那些年迈苍凉的褶皱里,一阵阵的嬉笑声,一不小心就会惊醒那些沉睡的幽灵。

天色暗下了来,村庄开始变得模糊,远处的群山消失了,接着是门前的河流,最后,村庄像被啃完的骨头,只剩下浅浅的轮廓,显得既熟悉又陌生。喧闹的声音也渐渐变小,村子里走动的人越来越少,就像一场戏已经散场,村庄中央的池塘和晒谷场,空旷得令人忧伤。偶尔传来有人赶鸭子回家的吆喝声,也和炊烟一起被风吹散了。夜色更重了,银子一样清凉的小月牙,刚一出现,就被云朵紧紧抱在了怀里……村庄像被一辆马车悄悄载走了,越来越远,越来越远。

记 得

  七月的下午,村庄一片寂静。白鸽般的房舍、火焰般的草垛,还有忧伤的井沿和灰堆,都笼罩在树木的阴影里,仿佛沉浸在回忆的幸福里一样。风夹杂着水稻清甜的气息、泥土的芳香,还有蚕豆花淡紫的微笑,从墨绿的地平线上吹来,它掠过广阔的田野和田野里无边的寂静,掠过清澈的天空和天空下无限的空灵,停落在村口休息。宽阔的黄泥大道上布满马兰、荠菜和打官司草,它们的歌唱,一直延续到下一个村庄。在村口,挺拔的白杨分列在路的两侧,它们手挽着手,轻声细语,像在举行一场集体婚礼。风从它们中间穿过,带着对新人的祝福出现在村庄的每一个角落。有的门是虚掩的,更多的门是敞开的。风就这样大摇大摆地闯入空空的堂前。地面返潮,显示着雨水将至的征兆。墙壁上有几块霉迹,是雨水上一次洒进来留下的痕迹。长台上,紫色的陶罐里盛装着茶水,几只零乱的玻璃杯正在午睡。一只苍蝇在八仙桌上跳舞,它踮起脚尖,旋转,沁出一额的汗,风就坐在木条凳和竹椅上欣赏它的舞蹈。
  阳光几乎照不到地面,只是在后院的葡萄架上,它透过稀疏的叶子,照耀着安静的草地。我总是在后院里,用破瓷片、柳树枝和小石子,编织内心的图景。我种植花园,挖掘河流,修建房屋,创造人物,构筑自己的世界。没有人来打扰我,所有的人都在阴湿的房间里享受甜蜜的睡眠,只有阳光照耀着我的脊背。后院贮存了我的大部分快乐,玩累了,我就呆呆地望着天空。天空瓦蓝,宛如梦境。有一天,我看见两个异乡的女子从后院的矮墙垛边经过,她们包着头帕,穿着宽大的蜡染服饰,袖子上绣了鱼骨的花纹,每走一步,都会留下银饰清脆的声响。哦!在那遥远的地方,还有另外的人,另外的村庄!我一遍遍自问,远方在什么地方?远方有多远?那一个下午,远方就像一颗种子一样悄悄落进了我的心里,注定了我漂泊的一生。

几乎每天都下雨,雨在屋檐上发出或急或缓的脚步声。这个时候,村子里的光线更加幽暗。雨从一片树叶跳上另一片树叶。如果你仔细地听,你会听见小鸟喝水的声音,你会听见知了关门的声音,还会听见毛毛虫在树叶背面发出轻微的喘息。路上传来扑哧扑哧的声音,胶鞋上沾满泥浆,所有的人此刻都朝家的方向走去。雨使村庄显得更加静谧。如果这个时候,你到村子后面的池塘里去提水,你一定会遇见洁白的鹭鸶。它的羽毛泛着光芒,那是雨水的光芒,它的目光是那样清莹,仿佛我初恋时遇见的目光。每一棵青草,此刻都含着幸福的泪水,进入回忆的门。雨在池塘上面击起一串串的水泡,如果你把脚伸进水里,说不定还有一尾鱼轻轻啄你的脚趾。水夹杂着黄泥,流进池塘。池塘里的水依然是碧绿的,是树叶的颜色,是夜晚的颜色,也是安静的颜色。雨依然敲打着一扇扇的门,此刻门是紧闭的,橘黄的灯光,温馨恬淡,如同一碗鸡蛋糕。炊烟也升起来了,缭绕着菜园里青青的长豆架、丝瓜藤和空心菜。偶尔,雨也会在早晨降临。落了一会儿,也就停了。停了以后,阳光又像老朋友一样出现在村庄上方,这个时候,村庄里到处弥漫着灼热、潮湿的音乐。

村庄西面的小树林,也是我常常光临的地方。那里住满了我的朋友。跟我关系最好的是苦楝树,因为它和我一样瘦小,因为它会送我一些果实,虽然不能吃,但能用弹弓来弹鸟。榆钱树和我的关系也不错,因为榆钱花甜丝丝的,可以吃,而榆钱叶,可以吹出清亮的口哨。还有泡桐树、榛树、香椿树和野杨梅树,它们共同构成了这片树林。树枝与树枝,树叶与树叶交织在一起,构成了我的房间,多么自由的房间啊!一无所有,同时又拥有一切。林子中间有一片空地,我最喜欢坐在那里阅读黄昏的来信,看玫瑰色的天空,看宁静的林梢,看归巢的鸟,看我们的村庄进入黑暗,看月亮露出洁净的脚趾。这样的时刻,我才不去管时间这个讨厌的家伙,我只是静静地闭上眼睛,享受这一份摇篮曲一样的甜蜜。等到村庄里传来碗碟的声音,母亲就会叫我的乳名,声音在黑暗里飘散。我是多么希望这样挨过整个夜晚啊!这样,我就可以和星星、露水、青草,还有萤火虫聊天。周围充满了落叶腐烂后的气息。在黑暗里坐了很久,我才很不情愿地带着一缕微风回家。那个时候,我并不理解家的意义,我只知道,那是我出发的地方,也是最终要回去的地方。

村子里还有一些房子是神秘的,这样的房子里大抵住着年事已高的老人。他们总是坐在藤条椅子里,享受着回忆的果肉。他们只有一小半还活在这个世界上,另外的一半已交给了尘土。不知从哪一天起,他就和死亡面对面地坐着,仿佛是一场对弈,而最后胜利的总是死亡。这样的房子,地面上长满了青苔,灶膛里长出了一些小树苗。蜘蛛网,腐烂的谷物,破瓮里的积水,芦苇编织的墙,还有红漆的木盒……哦!阳光又一次照耀房子,这是不是最后一次?我曾经不止一次地想要走进那一扇门,可是我从来都没有。就这样,我在门外一次次地徘徊,直到有一天,我再也没有机会……

记得,在一场又一场的雨后,秋天来了。秋天来了,大雁又要飞到南方去了。我知道有一天我也会走的。秋天教会我忧伤。

生日

隐隐约约,断断续续,听到拨橹的声音,伴随着清脆的滴水声,从枕头底下传来。以为是在梦里,睁开眼,却发现天光渐渐亮起来了。起床,推开临河的窗,河面上布满水汽,静谧、开阔,让远处的青山缓缓流动。一只翠鸟,贴着水面飞过,转瞬间,消失在湖心小岛的芦苇丛里。河面上,一个蓝衣的老人正在收网,拉网上来,有三两条柳叶鱼,鱼并不挣扎,仿佛还在睡梦中,嘴唇一张一翕,像是在说着梦话。含露的草丛里,青蛙在叫,昨晚叫了一宿,这会儿明显有些疲倦了。空气的味道好闻极了,薄荷一样清凉。几分钟后,太阳出来了,光线温顺,就像一只毛发蓬松的小狗依偎在身边。水汽渐渐散去,扎着头巾的老妇带着孙子来到河边,给他洗脸,她想给他擦第二遍的时候,他一溜烟跑开了……又过了几分钟,铅灰色的炊烟开始伸起了懒腰。

午后从睡眠开始,这个时候,午餐的气味还没有完全散去,光线从树叶的缝隙里洒落下来。整个村子都在睡眠,风像一张老唱片,发出缓慢、轻柔的音乐。阴湿的堂前,隔年的扑灰年画,掉了绿漆的板凳,凉丝丝的竹椅,还有甜糯米酒,水盐菜,发出幽蓝光泽的犁铧,一切的一切,都散发出时间的气味。我的小同伴在上一个夏天溺水而亡,我总是在梦中听到他的呼唤,总是梦到水慢慢地漫过我的身体……

漫长的午睡之后,我去镇上买冰棒,一出村子,就像走进了澡堂子,迎面扑来的热浪,几乎让我喘不过气来,光线像电焊一样刺眼,我只能把眼睛眯成两条细缝。镇上没有什么人,店铺里空空荡荡,充满浓重的酱油气味。街道上铺着青石,光滑,如同青鱼的背。

下午的后半部分,突然刮起的风,带来雨滴,开始只是几滴,时断时续。突然,雨水像银箭一样射了下来,行人们四处逃窜,鸭子也匆匆忙忙,像急着要赶回家收衣服的老太太。雨住的时候,一阵轻烟在村子飘来飘去,树叶舒展开细长的身子,空气里充满了树叶苦涩而又清新的气息。天渐渐黑透了,我坐在门槛上,等着父亲回来,泥泞的道路上一个人也没有,我不知道怎么就睡着了。父亲回来了,在昏黄的煤油灯下,我们享受着一顿几近奢侈的晚餐:茭白炒肥肉、炒洋葱、五香老油豆腐干,还有咸鸭蛋。原来,这是我的生日。这是我过的第一个有仪式感的生日,它如此简朴、如此温暖,让我一生都无法忘却。

水像一个手势

我的家在江南水乡,是青皮石条杨柳岸的那种。

我记得早晨灰暗的芦荡里清脆的拨橹声,记得五月里一天连着一天的缠绵的雨声,记得瓦楞里麻雀凄切的叫声。每一块青石板,每一扇雕花木窗,每一张桃花心木的椅子,每一挂橙色的钟摆,都浓缩成木楼梯上的吱嘎声,不知从哪一眼漆黑的月牙窗里出来,在巷子里悠悠地回荡。

黄昏、羊群和刈草的女子,穿过那棵开着紫花的楝树,绚丽的光线打在朴素的事物上,宁静而安详。这个时候,我喜欢登上老房子,面对鳞次栉比的屋脊,面对温暖的炊烟,面对隐约的地平线,还有散布在空气里的恬淡的麦香;听到房子里有人走动的声音,我就会感受到幸福,幸福真的是一种难以说出的感受。

黑漆漆的雨夜,打一把油纸伞从湿润润的房间里出来,在巷子里踩出许多潮湿的声音。一扇扇的门罗列在身体的两侧,有的紧闭,有的半开,有的虚掩,映衬着夜色的灯火,让夜色更加深邃。我总是站在水洼里,让夜色和水的凉意渗进胶鞋。水像一个手势在门口摇晃,如果这个时候有一个女子,绾着古典的发髻,神情忧郁地从门里出来,发出几百年以前那种开门的声音,我会幸福得不知所措。雨水淅淅沥沥,又近又远,时疾时缓……

深深的南方庭院,大抵都有红漆的门楣,挂着一些风干的粽叶,黑漆的大门上挂着黄铜的门环,门槛边堆积着几只破瓮,雨打在上面发出沙沙沙的声音,很轻,很轻。院子很暗,走进去,就仿佛翻开了泛黄的历史书,有一种沉重感和沧桑感。葡萄藤、香椿树、车前草、马齿苋镶成一幅忧郁的木版画。屋子年久失修,明瓦上布满蜘蛛网,一只青瓷的碗碟里盛放着甜糯米酒……有时候,我常常在想,故乡的房子真的是很老很老了……

没有一座房子是永远不倒的。一座房子破了,旧了,就应该倒掉。倒掉的房子变成了许多碎片,每一片又都一败涂地演变成一座宫殿。小时候,我们游泳的时候会摸到一些凉冰冰的瓦片,这些都是记忆。那个时候蓝蓝的天一下子变得苍茫起来。我们坐在桥上一坐就是一个下午,我们真的不知道这些瓦片是怎样到河里来的,河又是哪一年开凿的,树的种子又是哪一年不小心从哪一只鸟的嘴里掉下来的,我们就这样在时间里迷了路。所以我总在想,我们是活在一个又一个谜语里的,我们不断地猜,越猜越不明白。直到有一天,我们消失,我们也变成了谜语。

真正读懂故乡的房子是在离开故乡以后,在一个陌生的地方,我不断去寻找喜欢的房子住下来。准确地说,我不知道我应该选择怎样的房子。这一点我是知道的。但是寻找本身就是一切。你可以说这是一个形式的问题,然而形式本身就是内容。见过许许多多的房子,每一间房子都有一种东西让我们感动,有的含蓄,有的粗犷,有的端庄,有的古朴。我知道,找它们并不是因为它们只是房子,而是因为它们通了灵性,通了灵性的房子就算是家了。从另一种意义上说,房子的意义比家更加质朴。许多年以后,原来的家消失了,家的痕迹便在一些斑驳的石头、桐油大梁和陈年的稻草上镌刻下来,即使倒了仍然演绎着一些故事,就算只剩下一点点的感觉,那感觉也萦绕在心灵深处最温柔的角落。我走了,这一生离故乡越来越远,可是不管我走多远,我依然听见故乡的房子在风中歌唱。

乡村的夜晚

早晨如同苹果般清脆,下午如同水蜜桃般慵懒,而黄昏就像柑橘一样温馨了。当落日贴着旷野里的草叶上行走,忧伤的光线涂满大地,淙淙的溪流正把黄昏的平原带进夜晚。一柱炊烟袅袅升腾,紧接着一千柱、一万柱的炊烟升腾起来。炊烟在风中飘散,萦绕着黑暗的农舍,萦绕着高大的乔木,萦绕着宁静的村庄。这个时候,村庄出奇地静,每一片树叶都笼罩在灰暗的光线里。村庄多么安详,只有柴火发出噼啪的燃烧声,只有八仙桌前饮酒者的交谈声,偶尔,也会有邻村人匆促的脚步声。空气里弥漫着淡淡的芳香,有新鲜的稻草燃烧以后的清香,还有河岸上盛开的柴咪咪花的芳香,还有邻家的姐姐衣服上的桂花香。她的窗前,木壳子收音机飘出了歌声,歌声像甘蔗一样甜。就这样,缓缓地,缓缓地,夜色也深了起来。乡村的夜,是漆黑而静谧的,它的漆黑是甘美的漆黑,如同埋在野麦地里的荸荠。它的静谧是圣洁的静谧,如同羊齿草上的露水。

如果是七月,夜色并不沉,呈现出浅河谷绿色。夜色像一只猫的睡眠,远山是它轻微的鼾声,静寂的夜空里钉着无数枚古老的星星，一如古老的银币。月亮在树杈上方，像一盏油灯，散发着回忆的光芒。这个时候家家户户的黄泥场院上，都被打扫得干干净净，支起旧竹床。经过时间和汗水的磨损和浸润，所有的竹床都光滑而清凉。竹床上坐了七八号人，有的抽烟，有的喝茶，坐在徐徐的清风里，谈论着陈皮般的旧事。这个时候，田野里传来蛙鸣声，树枝里传来知了声，草丛里传来蟋蟀声，这些都是美好夜晚的一部分。人越来越多，竹床上挤不下，索性坐到了竹椅和木条凳上。花脚蚊子像服务员一样忙碌，嗡嗡叫个不停。

　　偶尔会有人从路边经过，到下一个村庄去。下一个村庄并不远，只是要经过一片庄稼地。我有过在这样的夜色里行走的体验。路边种满了红薯和黄豆，中间是稻田。夜色里散发着青草的气息，还有肥沃的泥土气息。经过池塘时，你还会遇见绿色的萤火虫，一闪一闪地出现在灌木丛里。池塘里闪着微光和柳叶鱼的梦呓，静静的月光下，流浪的水花生开着白色的小花。抬起头，你会看见在夜色的边缘，有一些灯像夜来香一样开放。

　　约莫十一点左右，村庄里大部分的人已经睡下了，我们就从闷热的屋子里拿出竹竿和蚊帐为睡眠做准备。夜是静静的，风是轻轻的，朦胧的月光照在芦苇丛里，芦苇里传来水鸟明亮洁净的嘟哝声。偶尔，邻家的狗发出几声吠声，把村庄拉得更加悠远。我们躺在竹床上，面对着满天闪烁的繁星。有时候，也会下雨，不知在什么时候，就会有一些清亮的雨滴打在我的脸庞上,眼睛里,甚至嘴里,甜丝丝的,痒酥酥的,清滢滢的,似真似幻,如同初吻一样令人惊慌失措又让人回味悠长。这时,我会赶紧爬起来,躲在低低的屋檐下,说来也怪,只撒了几滴雨星,也就停了,于是又回到竹床上,继续享受躺在大自然怀抱里的舒畅与甜美。

如果是腊月,则又是另外一番景象。这个时候,平原是广阔而荒凉的,寒冷的风吹彻着坚铁般冰凉而沉重的夜色。夜色很深,呈现出深海蓝色,没有什么重要的事,一般人都不出门,就连最调皮的小鸟也把身体蜷缩在瓦楞的最深处。即使出门的人,也把自己包扎得严严实实。家家户户的大门紧闭,只泻出橘黄的灯光,一家人围在灯光下面,享受着热气腾腾的晚餐,这个时候吃得最多的是萝卜炖排骨。过年之前,家家户户都要炒花生和葵花子,在我童年的记忆里,总是把花生想象为父亲,把葵花想象为母亲。我说不清理由,或许孩提时代总会有一些莫名其妙的想法……

还记得这样一个夜晚,快要过年了,大队里的鱼塘打干了水。父亲和我负责看守。那个晚上,父亲和我就睡在打谷场上,整捆整捆的稻草搭起了一个四处漏风的草房子,地上也铺了厚厚的稻草,然后在上面铺上棉絮。我记得那个夜晚,没有一丁点声音,田野多么寂寥,一切的一切都是沉睡的。我记得稻草的清香,记得从缝隙里落进来的星光,还有刀子般的风。半夜,冻得醒来,发现父亲还在外面。过了一会儿开始下起了雪,雪落的声音,沙沙沙,沙沙沙,很轻很轻,仿佛怕惊醒了人类的睡眠。雪覆盖了我们的草房子,覆盖了我们的平原,覆盖了我的整个童年……父亲还没有回来。整个世界,只剩下他在雪地里发出的脚步声。

灶屋

从很小的时候,我就知道每一个房间都有自己的气味。堂前的气味,是散白酒、旧雨鞋、铁皮罐混合的气味。储藏间的气味是粮食的气味(稻子的气味是干燥的、尖锐的,麦子的气味则是微凉的、光滑的),还有铁器的气味和农药的气味。卧室的气味,是旧棉絮的气味、樟脑丸的气味和布料的气味、糨糊的气味。灶屋的气味则主要有米粒的气味,柴灰的气味和水盐菜的气味。

灶屋的中心肯定是砖砌的灶台(如果时间再往前推移,则是土坯垒成的灶台,那个时候,连房子都是土坯房,更别说是灶台了。我小时候见过土坯的灶台,样子有些滑稽,像是蹲在地上的孕妇)。灶台上一般有两口锅,一口里锅,一口外锅。里锅主要是炒菜,外锅则是做饭。如果圈里养了猪,那么里锅就煮猪食,炒菜和做饭都用外锅。锅是又大又深的黑铁锅。锅盖是杉木的,两面都涂了桐油。锅盖上放着锅铲,那时候,不锈钢的锅铲还很少,主要是铝锅铲和铜锅铲。

灶台的外沿是弧形的,砖头上面抹的石灰长时间地被油烟熏过以后,呈现出灰黄色。到后来,讲究一些的人家,便在上面粘上白色的瓷砖。灶台下方,有一个方形的洞孔,平时似乎没有什么作用,到了落雪天,则可以把弄湿的絮鞋放在里面烤,烤一晚上,到了第二天早上,絮鞋就又干又脆了。

里侧,两个锅中间,有一个井罐,是那种深长的铁锅,底部是尖锥形,井罐上面放着大铜勺和小铜勺。大铜勺主要打锅里的水,小铜勺则是打井罐里的水。井罐里的水是靠柴火的余热来加温的。吃过饭之后,我们就从里面打水洗脸,但我不喜欢里面的那股味道,有点像米汤的味道。

我记得小时候,父亲总喜欢跟我开玩笑。父亲说:"长大了,你养不养我?"我说:"当然要养的。"父亲又说:"是不是养在井罐里?"我说:"是的,是的。"其实,那个时候,我还不知道井罐是什么东西呢。井罐的上方,有一块砖挑了出来,形状像一枚月牙,那是挂蒸架的地方。由于时间久远,青竹的蒸架,早已变成黑乎乎的,摸上去,总是黏糊糊的。灶台上方,有一个挖空的地方,那是摆灶神用的,年底的时候,会在上面贴一张木版印的红纸灶神像。

有人说,要看一户人家是不是干净,最简便的办法,是看他家的厨房,要看一户人家的厨房干不干净,最简便的办法,则是看他家的抹布干不干净。如果是干净人家,女人会把抹布拿到河埠头,抹上肥皂,然后用棒槌不停地捶打。洗干净以后,就放在锅盖架上,让饭锅的余温将其烤干,烤干后的抹布像苏打脆饼。如果是脏的人家,抹布黑乎乎的,摸上去湿嗒嗒的,像是一只溺水的死老鼠。洗碗用抹布,洗锅一般就用丝瓜筋了。

烧饭既简单又不那么简单。新稻草和新米烧出来的饭,色泽洁白,甜丝丝的,有阳光和露水的清香。饭烧到一定程度,蒸汽会把锅盖抬起来,灶膛里的火就要停一停,锅盖绝对不能打开,打开的话,蒸汽和香味都会跑掉。饭在蒸汽里焖上一会儿,才会熟透。时间大概三到五分钟。饭焖的时间到了以后,还要在灶膛里塞一个到两个草结,草结烧完之后,可以听到锅里传来毕剥毕剥的声音,仿佛是烧焦的米粒在喊疼。这个时候,就不能再往灶膛里塞草结了,但也不要马上去揭锅盖,要等到空气里弥漫起米粒悠长的香味,才算真正的大功告成。如果家里有老人的话,饭是很难煮的,如果水放多了,就煮软了,吃的时候粘着牙齿,干活的力气都没有。如果水放少了,煮得太硬,老人就会说,煮得像石子一样,吃进去要噎死人的。所以很多时候,婆媳之间的矛盾,其实是从米饭开始的。饭煮过以后,锅沿上会留下一层白色的薄皮,这是由夹杂着米浆的水汽形成的,小的时候,大人们不允许我们吃,他们说小孩子吃了以后,脸皮会变厚。我特别喜欢吃,只是到现在脸皮也没有厚起来。到冬天的时候,干燥的风把嘴唇吹裂了,嘴角长起了疮,每天晚餐的时候,母亲总是把我抓到灶间,掀开锅盖的那一刹那,将挂在锅盖上的水蒸气刮下来,敷在我的嘴角,说来也怪,第二天,嘴疮竟然好起来了。

　　灶台的前面,一般放着竹碗橱,上面用细竹枝编得密密麻麻,连蚂蚁也爬不进去。下面,则是粗竹子编成的,间隙很大,就像是围成的一个院坝一样。中间放着菜刀,立起的砧板,猪油则放在一只绿色的瓦罐里。碗橱下面是水缸。水是从河里挑上来的,有时候还会有一两条小鱼。水里要放明矾。小时候,我们就直接喝水缸里的水。水瓢是切开的半个葫芦。从很小的时候,我就听大人说,死去的亲人是养在水缸里的月亮。有一次,我晚上起来喝水的时候,看到水缸里的月亮,吓得话都说不出来了。

　　水缸旁边的几只瓮头里,放着水盐菜或者萝卜干。水盐菜的原料是芥菜,收割以后,洗干净,放在菜园的篱笆上晾干,然后切成小块,放在竹匾里晒干。过了几天,就把这些菜放到瓮头里,铺一层菜,撒一层盐,为了让它更加密实,需要小孩用脚踩。故乡有个顺口溜这么说:"童子脚踏咸菜,腌出咸菜鲜又香。腌菜累吃菜鲜,咸菜搭饭一吃三大碗!"水盐菜压紧后,上面垫些薄膜纸,再放上稻草编的粗绳,这草绳编得有点像清朝人的辫子。将瓮倒置,搁在一个陶瓷的钵里,钵里的水需要经常换。萝卜干的做法跟水盐菜差不多,只是作料多一些,要放一些八角、茴香、辣椒。不管是水盐菜还是萝卜干,如果放在油里面炸一下,用来下白粥,味道非常地鲜美,用老家的话说,鲜得连眼眉毛都要掉下来了。

灶台的后面，则是另一种景象。首先光线更加昏暗，坐下来，浑身就沾满了柴灰的气味。在我们家，火钳总是立在右手边的墙壁上，顺手就可以摸到。一坐到里边，手就会不停地打起草结。我对打草结有一种与生俱来的喜好，每年春节前打草结的任务，都是由我来完成的。烧饭用的燃料一般是稻草、麦秆、菜籽萁，只有到年底蒸团子的时候，才会用芦苇和干树枝。灶膛里侧有一个洞，里面放着一盒绿头的火柴。小时候，我最喜欢坐在灶膛口玩。那些火柴也成了我的道具，它们是和尚。我还会给它们穿袈裟，袈裟则是香烟壳里的银箔纸。冬天的时候，我最喜欢烧火，火苗晃到脸上，把脸烤得通红通红的。有时候，还可以在灶膛里面烤山薯和硬蚕豆。即使火熄灭了，眨巴的火星仍然持续散发着热度。

腊月的最后几天

父母在,不远游。

——《论语》

　　腊月里,天一直灰蒙蒙的,像一件洗旧了的老蓝布衫。最后几天,天却突然放晴了,大片大片的阳光栖落在屋檐上,空气里弥漫着吉祥的味道。家家户户都在准备年货,寂寥的平原,灶神一般安详。风在篱笆上睡着午觉。

　　我记得父亲在院子里劈柴,母亲则将这些柴火堆到灶屋,齐齐地码好。父亲劈完柴,开始淘洗新米。父亲将新米在竹匾里摊开,拣着里面的石子,透明或者象牙白的米粒,躺在阳光下,像一个又一个安静的孩子。米晾干以后,会磨成米粉,用来包团子。团子里面包上青菜猪肉馅,或者萝卜猪肉馅,还有孩子们最喜欢的绿苎头团子,里面包上豆沙馅或者花生肥肉馅。

　　我在擦玻璃,或者打草结。方糕放在长台上一只青花瓷瓶里,一共买了三十块,我偷吃了八块。大年夜,里面会塞上压岁钱。花生和瓜子也已经买好了,口袋扎得紧紧的。

长台下的一只瓮头里,放了新做的米花糕。对联和扑灰的年画,卷成一团,扔在抽屉里,要到大年三十下午再贴。之后,父亲出去了一趟,队里的鱼塘在捕鱼,家家户户都有得分。父亲出去的时间里,母亲一直在阳光底下纳着鞋底,她的手指上缠绕着陈年布料的气味。父亲回来的时候,天已经快黑了,光线暗淡,路上行人很少。他一手提着一条七八斤的草鱼,另一只手提着鳊鱼和五六条鲫鱼,这些鱼用草绳拴着,活蹦乱跳。在橘黄色的灯光下,母亲连夜将鱼肚剖开,切成一块块的,在鱼身上涂了厚厚的盐,晾晒在竹节篙上。竹节篙上,早已经晾上了猪腿和稻草包裹的封鸡。这些咸货,一直可以吃到春耕时。

父亲总是起得很早,我起床时,他已经从镇上提了一菜篮东西回来了,篮子里有白酒、酱油、白木耳、黄花菜、海舌头、羊腿和一些桂花肚。我从锅子里舀了半碗红薯泡饭,蹲在家门口,哗哗哗地喝着,喝完了,就跑去看日历,后天,就是大年初一了。家里开始做团子了,父亲搓粉,母亲包,我则在灶膛口烧火,听柴火发出噼里啪啦的声音。那个时候,我并不知道,我正在被一种平淡而深远的幸福所包围。直到现在,离开了故乡,才隐隐生出一种酸涩感。八仙桌刷得干干净净,浇了水,蒸好的团子就摆在上面,要摆上满满的一桌子呢!每一个团子的尖顶上,还要点上一点红色,算是大吉大利吧。除了团子以外,还要做上几笼馄饨。

傍晚,有人敲门,东村头的阿姆送来了荸荠和柑橘,母亲则从小橱里拿出夏天晾晒的长豆干和笋干,她们坐在堂前,扯着家常。父亲不在家,我有一种恐慌,我怕他像祖父一样一去不返。祖父出走的时候,也是在腊月的后半部分。直到我睡着了,父亲还没有回来。

第二天醒来,天色特别亮,白花花的,像堆了一地的银子,从窗户里往外看,雪已经铺了厚厚的一层,人走在上面,发出吱吱吱的声音。下了楼,发现家家户户都在打扫场院。父亲则在井沿上打水,他要将水缸里打满水,然后放上明矾。所有的活,都要尽量在年前完成,因为如果新年还要忙碌的话,代表着新的一年又会是一个劳碌年。父亲叫我去拿石灰,围着粮囤画上一个圈圈,粮仓里弥漫着农具和粮食的气味。

下午三点,我们在浴锅里烧汤洗澡,接着,就会听到零星的鞭炮声,路上的行人更少了,仿佛都给风吹走了。雪没有再下,静静的,仿佛在等待什么。风很大,我们把门紧闭着,坐在屋子里,嗑着瓜子。贴完门联和年画,天突然就暗了下来,屋子里仿佛和以前不一样了,墙壁雪白,灯火也更加明亮。一家人在灯光下吃着热腾腾的团圆饭,喝着米黄的陈酒,一转身,年就来了。

次品

四岁那年,我是一个小囚犯。

如果时光倒转,你从我们村经过,一定会看到两间草莓般鲜红的平房。如果你放慢脚步,说不定会看到一个小人,又黑又瘦,紧抓着窗户的铁条,两只小眼睛可怜巴巴地望着窗外,活像动物园里的猴子,没错,那就是我了。不过,我的境遇比猴子还惨,游客们会给它香蕉或者苹果,而我的礼物只有风和蝴蝶。

窗户朝南,远处有一座山,我的祖母就住在那里。山仿佛是会移动的,下雨时,山很远,只留下一抹浅淡的轮廓,雨住后,山立刻近了,仿佛触手可及。那时的我对世界一无所知,总以为那就是世界的尽头了。

一条叫屋溪的小河,从窗前弯弯曲曲地流过。她从镇上经过时,安安静静,像第一次到人家做客的小姑娘,一举一动,都很有礼貌,流到这里,立刻原形毕露,变成了一个叽叽喳喳的野丫头。

往西走两分钟,有一片野树林,树长得歪歪扭扭,像披头散发的醉汉一样。树林里光线幽暗,里面有一间草棚子,那是鱼籇,入夜之后,就会浮现一盏苍白的渔灯。鱼籇的主人是一个独居的老人,他的脸被火烧焦了,像一块煤饼,加上他行踪诡异,在孩子们眼中,几乎等同于幽灵。

一条黄泥路在河边蜿蜒,我总是趴在窗户上,看路上那些来来往往的人,每一个人都让我羡慕,因为,他们是自由的,想去哪里就去哪里,而我是一个囚犯,哪里也去不了。

在所有的家庭成员中,和我最亲的是祖母。可是,三岁那年,她一个人上山去了。我记得,那时,我们还住在老房子里,房子很小,仅一间半,半间堂屋,半间厨房,还有半间是卧室。卧室的窗户朝北,外面有一棵老杨树,树枝间挂了一只竹筛,竹筛里垫了一层稻草。唐山大地震刚刚过去不久,一说到"地震"两个字,大家就格外紧张,好像房子真的摇晃起来。那段时间,关于地震的谣言层出不穷,父亲便想了一个绝妙的主意——一旦大地开始摇晃,电灯荡起了秋千,他会第一时间把我和哥哥扔进竹筛。听哥哥说,在我出生之前,有很长一段时间,大家都不敢睡在家里,在场院上搭起了篷子。我嘴上不敢说,心里却暗暗期盼着地震的到来。然而,地震终究没有到来,竹筛自然也没有派上用场,它成了麻雀们散步的广场,直到它朽掉,我也没机会躺上去。

记忆中,老房子永远黑乎乎的,像一个幽暗的洞穴。厨房被烟熏得时间长了,灶台上方的横梁上,挂着一只酱色的竹篮,初夏时,那里是水蜜桃的摇篮。灯泡很暗,蒙着厚厚的灰尘,好像一只会发光的包梨。祖母舍不得开灯,天将将开始变暗,她就将美孚灯点上。玻璃灯罩被我打碎了,风一吹,火苗像酒鬼一样东倒西歪,好像随时都会倒下。祖母关上门,风仍然在屋子里游荡。

祖母上山前几个晚上,家里突然变得明亮,像着了火一般。场院上支了个布棚,摆了四张八仙桌。客人一到,吹鼓手就忙碌起来,两个腮帮子鼓得像气球一样,我担心他们把腮帮子吹破。祖母睡得很沉,再大的响动,也无法将她唤醒。对我来说,这几乎是一段美好的时光,午餐和晚餐的饭菜都很丰盛,每个人的嘴唇都油光闪闪,村里的狗都好像接到了请帖似的,全跑到了我家来做客。大人有忙不完的事,没有时间管我,我就在屋子里穿来穿去,像风一样自由。如果不是祖母睡了几天不肯起床,那简直跟过年一样快活了。

我把桌子当成了房子。我和堂弟总是躲在八仙桌下,偷听大人们讲话,好像偷听来自另外一个世界的声音。大人们跟往日很不一样,他们像被人卡着脖子,说话的声音很低,显得紧张而又神秘。后来我才知道,他们在等待,等到小镇上的人全都沉沉睡去,等到整个世界黑得像口棺材,悄悄将祖母送上山去。

夜色越来越浓,世界无比静寂,大人们的说话声,也变得十分遥远。我的眼皮不知道打了多少架,却迟迟不肯睡去。出发的时刻终于到来,我兴奋不已,跳到队伍的最前面。主重瞥了我一眼,然后用不容置疑的语气说:"细佬不要去。"那一刻,我委屈极了。他或许不知道,我和祖母一直是形影不离的,就像是她的布包,走到哪里拎到哪里。母亲拉我回屋,我大哭起来,在地上打滚。然而,这是无济于事的,在葬礼上,主重的地位最高,他的话无异于圣旨。一个远房的胖婆婆看了心疼,将我抱起,我哪肯罢休,在她怀里扭来扭去,像一条濒死挣扎的鱼。

碗橱里放着一把菜刀,我顺手就抓了过来,像中了邪一般,朝她脸上劈去……大家都躲得远远的,那个远房的婆婆更是吓得脸色煞白。母亲找了块水果糖哄我,父亲则眼疾手快,绕到我身后,一把将刀夺下。我气得浑身发抖,哭得更大声了,哭着哭着,我竟然睡着了,现在想来,真是很没出息。

祖母终于如愿以偿睡上了棺材,但家里老了人,却没有出殡,这总是不合常理的。所以,第二天一早还要出一次殡,演一出戏。

送葬的队伍行进得很慢,主重走在前面,边走边撒着纸钱,像真正的葬礼一样悲伤、凝重。父亲捧着空空的骨灰盒走在前面,他没有哭,主重说亲人的眼泪不能落在骨灰盒上,否则死者将永远不能超生。母亲和两个姑妈,哭得死去活来,她们相互搀扶着前行,像柳条一样交织在一起。我和堂弟穿着白色的孝衣,头上戴着白幞头,中间还点了一个红圆点。我们走在队伍的中间,有一种从未有过的神气。

沿路上早已挤满了看热闹的人,他们暂时放下了手中的活计,打听着逝者的名字,目送着逝者的离去。有一些老人,眉头紧锁,死亡像一面镜子,让他们照见自己。嘈杂的小镇,终于按下暂停键,获得了片刻的清静。

商铺里做生意的人,见多识广,他们脸上的表情十分冷淡,一听到鼓手的声音,便用石灰在门口画了一条白线,据说,这是生与死的界线,逝者不能逾越。讲究一点的人,手里还捏着扫把,送葬的队伍经过时,他们便往路中间扫灰尘,据说这样可以扫走晦气。

卖鸡蛋的三婆婆,鼻头上长着一颗赤豆大小的红疣,好像特别喜欢我,每次见到我,都要逗我开心。她说:"小官人,你们要去唱戏吗?"我狠狠地白了她一眼说:"放屁,我们是要去当官。"三婆婆一听,乐了,问道:"当什么官呢?"她一下子把我问住了,我对官完全没有概念,官是什么东西我也全然不知,只知道当了官就厉害了,一般的人见了官就会害怕。我灵机一动,鼻子一抬,故弄玄虚地说:"哼!我不告诉你!我怕说出来吓死你。"

那时,我对死亡全然没有概念,以为人死就像出了一趟远门。让我始料不及的是,祖母竟然一去不回。开始的时候,她的名字偶尔还会出现在大人们的谈话中,时间一久,她就像一封填错地址的旧信,再也无人提及了。

我常常会想起她来。想她的时候,我就变得忧伤,坐在门槛上,双手托着下巴,呆望着远处的山。我对世界知之甚少,很多事情都想不明白。我想,祖母为什么要一个人待在山上?她会不会寂寞呢?下过秋雨之后,天气转凉,我换上了秋衣秋裤。我又想,祖母还穿着夏天的衣服呢,她会不会冷?实在想得厉害,我就去问父亲,祖母什么时候回来?父亲一怔,沉默了一下说,快了。过了几天,我又问,他还是这样说。天越来越冷了,很快,进入了腊月。我每天都问父亲还有几天过年?我想,不管去了哪里,祖母总还是要回家过年的。

过年前几天,我们终于搬进了新房子。新房子其实早就修好了,只是祖母一直不肯搬。她跟父亲说:"老人家的床不能随便动,否则会折寿的。"可我听她跟邻居老太太聊天的时候,又说:"我的时间不多了,搬过去怕弄脏他们的新房子。"我迷糊了,不知哪句是真,哪句是假。

父母变得特别忙碌,哥哥也成了他们的帮手,我一个人待在家里。一个阴沉沉的下午,北风呼啸,把房子吹得瑟瑟发抖。天实在太冷,吃过午饭,我迫不及待地钻进了被窝睡觉,等到醒来时,已是傍晚,天色灰暗,如同灰鸽子的羽毛。下了床,走到窗前,眼前的景色把我惊呆了——原本熟悉的一切,显得格外陌生,大地上一片白茫茫,树枝全变得毛茸茸的——在我睡觉的时候,一场大雪竟然不期而至。

雪已经停了,天空分外安静,像一间无人居住的大院子。

这是我生命中遇到的第一场雪。

我推开门,见到雪地里的一串纤瘦脚印,突然流下了热泪。我坚信,那是祖母的脚印,她一定回来过,一定像以前一样,曾坐在我的床前看着我入睡。紧接着,我又心里生出一种小小的怨恨,我不明白,她为什么不叫醒我呢?

晚上吃饭的时候,我突然说,今天下午有人来过。父亲问,哪个?我说,祖母。他吓得浑身一颤,大家都用异样的目光看着我,像看着一个傻瓜。我说,她就坐在我的床边……母亲的神色紧张起来,摸了摸我的额头,她以为我中了邪,从厨房拿了一只空碗,放在我头顶,用筷子敲打了三下,口中像神婆一样念念有词。我没再争辩,心想,反正再过几天就过年了,到时祖母肯定还会再回来的。我每天都在等待,大年三十晚上,祖母没有回来,大年初一,祖母没有回来,年过完了,祖母还是没有回来……

搬进新房之后,几米之外的老房子一下子变得遥远,好像从来没有住过一样。镇上开了一家食品加工厂,专做蘑菇罐头。父亲便准备在里面种蘑菇。他运来了许多稻草,将稻草一捆一捆扔到小河中,仅仅一个下午,我家门口就奇迹般地出现了一个高耸的小岛,比我们的房子还高呢。

稻草堆成的小岛成了孩子们的乐园。父母一不在家,我和哥哥就迫不及待地爬了上去。挂桨船经过时,我们的小岛像摇篮一样晃动起来。我们躺在上面,跷着二郎腿,看着天空,一群鸟从头上飞过,好像伸手就可以抓住。阳光刺眼,我闭上眼睛,不知不觉,竟睡着了。我还以为自己是睡在床上,翻了个身,刚一翻身,就像一个土豆滚到河里。

我和哥哥都不会游水。以前,祖母每次到河埠洗碗,都会捉几只小虾给我们生吃。哥哥总是一口吞下,而我总喜欢让虾在嘴里跳上一会儿。祖母说,吃多了生虾自然就会游水,可我们不知道吃了多少生虾,终究还是没有学会。

我在水中扑腾了几下,眼看就要沉入水底,哥哥一边喊人,一边不停地往下扔稻草。慌乱之中,我抓住了一捆稻草,趴在上面,一动也不敢动,忘记了喊救命,更忘记了哭。

我希望能漂回岸边,可事与愿违,我离岸越来越远,离世界越来越远。一条挂桨船开过来,我并不知道这是最危险的时刻,螺旋桨会将我吸进水底。轰鸣声越来越近,我只觉得一片眩晕。水的味道,闻起来像血一样腥。

就在这时,最恐怖的事情发生了——一只水獭猫游过来了。水獭猫住在河底,传说它最喜欢把小孩拖到河底。我吓坏了,拼命挣扎……我以为自己必死无疑,睁开眼却发现,我竟然没有葬身水底,而是躺在了河滩上。那根本不是水獭猫,而是鱼簖上那个令人恐怖的老人。

更离奇的事情是,就在同一天,隔壁村子里有一个九岁的细佬游水时淹死了。村里的刘老太便说:"河龙王是讲规矩的,他一点也不贪心,一年只收一个细佬。"她还说我之所以能捡回这条命,完全因为孝顺。为了送祖母上山,我竟拿起菜刀砍人,这让河龙王很感动。她说得有板有眼,好像河龙王是她亲戚似的。我将信将疑,问道:"这事河龙王怎么知道?"刘老太瘪了瘪嘴说:"人在做,天在看。世间的事情,没有他不知道的。"

溺水事件之后,我变成了家里最大的负担,让父母头疼不已。哥哥要上学,父亲要下地干活,没时间管我,母亲在服装厂上班,厂里规定不准带小孩上班,但她不放心我一个人在家,经常趁看门的老头不注意,悄悄把我捎进厂里。

车间里全是女工,大多十七八岁的样子,一个比一个好看,身上散发着野花一般的清香。她们上班的时候有说有笑,让我觉得很快活。她们会带各种零食给我,有时候是麻饼,有时是糖,有时候是奶油瓜子,好像我是她们养的小宠物一样。更有意思的是,因为母亲姓凌,她们便给我起了一个新名字——凌公子,公子应该生在家财万贯的人家,原本不属于我这个穷得叮当响的贫寒子弟,但我很喜欢这个新名字,轻飘飘、甜滋滋的感觉,令我万分着迷,难以抗拒。

幸福的生活总是十分短暂。没过几天,厂长到车间里来巡查,他不苟言笑,很有威严。他一来,叽叽喳喳的女工们立刻安静下来,连头都不敢抬起来。我接到暗号,立刻躲进了预先准备好的纸箱,母亲迅速在纸箱上盖上了布料。厂长却好像故意跟我过不去似的,一直站在我的旁边,我能闻到他身上散发出来的浓重的烟草味。不知过了多久,箱子里空气越来越稀薄,我感觉自己快要窒息了。厂长正要转身离去,我突然打了个喷嚏,母亲的脸色吓得煞白。我像小狗一样,一脸无辜地从布堆里慢慢钻出来,嘴角上还带着一根白色的线头。母亲像犯人一样低着头,轻声说:"家里没有人带,实在没办法,只好……"厂长把脸拉得像钟乳石一样长,一字一句地说:"下不为例。"说完,把手绕在背后,踱着方步走了。

从此以后,我的命运便急转直下。第二天早晨,我睡得很沉,像吃了迷药一般。醒来后,觉得家里特别安静,安静得让我的耳朵一阵阵发痒。我像往常一样叫母亲,一连叫了几声,都没人应,只好赤着脚下了床。屋里空空荡荡,桌子上放了两块金黄的油饼。我吃完油饼,将手上的油抹在头发上,准备出去玩。就在这时,我发现门竟然打不开。门上挂着一把结实的铜锁。我被反锁在了家里。我不死心,爬上窗户,想从铁条之间钻出去,可缝隙太窄,身体出去了,头却怎么也钻不出去。那一刻,我沮丧极了……

不知过了多久,一个阿姆扛着锄头去地里干活,她一边走,一边咬着黄瓜。我像见到救星一样大声喊她。她十分同情我的遭遇,气愤地说:"你姆妈太不像话,你又不是狗,又不是猫,怎么可以把你一个人关在家里?"我一听,更加委屈,好像真的被人遗弃了一样,积存许久的眼泪断了线一样往下掉,一发不可收拾。我希望她救我出去,她却爱莫能助地摇了摇头。

就从那一天开始,我开始了漫长的"囚犯"的生涯。

上午,时间容易打发,路上人来人往,很是热闹,一到下午,就变得冷冷清清。阳光在无声地燃烧,树木像一团团绿色的火焰。从泥土里升腾的热气,围绕着村子。空气发烫,地面发烫,房屋也在发烫。热气让房舍晃动,恍若水中之倒影。

有一个卖棒冰的,每天都会从窗口经过,他背一只木箱子,额头上的汗珠闪闪发光,不像汗珠,倒像是烤出来的油。他用木块敲打着木箱,有气无力地吆喝道:"棒冰,棒冰,赤豆棒冰。棒冰,棒冰,雪糕棒冰。"我口袋空空,没有一分钱,只能舔一舔嘴唇,目送他消失在道路的尽头。

实在无聊的时候,我就开始翻家里的抽屉,我不知道自己要找什么,但总觉得屋子里有什么神秘的东西在吸引着我。果不其然,我发现了一个秘密,一个惊天的秘密。

我从一只布包里,翻出了户口本。那时,哥哥已经教我认识几个字了,只是具体的意思还是一知半解。我看到了哥哥的名字,旁边写着"长子",我想这应该是哥哥身子比我长的缘故吧。我看到了我的名字,可旁边写的是"次子"两个字。我不高兴了,开始只是感伤,又渐渐地觉得可怜,最后竟然绝望起来。我突然想到"次子"的意思,不就是一个"次品"的儿子吗?

一个人觉得自己是"次品",他就会立刻自卑起来。我不敢问父母,我为什么是"次品",我这个"次品"到底次在哪里。有好几次,我想问哥哥,可话到了嘴边,还是说不出口。相反,我越来越觉得自己是个"次品",我觉得父母看我的眼神,确实是不一样的,他们对我,要比对哥哥凶得多,让我干的活也比哥哥多得多,更重要的是,他们一定是因为不想让别人知道他们生了一个"次品",才将我锁在家中。

村子里有个男人,那时已经三十来岁了,看上去却好像只有十岁出头的样子,成天和孩子们混在一起。他的脸像手掌一般大小,腿比甘蔗粗不了多少,眼睛被眼屎糊住,永远都像没睡醒一样。更好玩的是,他总是戴着一顶灰绿色的帽子,像顶着一片烂菜叶子,帽子从来没有戴正过,他说:"歪戴帽子,诸葛亮的老子。"我知道,他就是所谓的"次品"。凑巧的是他和我一样,在家里也排行第二,于是,我又暗暗地想,或许老二更容易成为"次品"吧。以前,我看他时是居高临下,总带着一种同情的眼光,自从发现自己也是"次品"之后,我不再同情他了,取而代之的是恐惧。每次碰到他,我都把头低下,尽量不看他,我害怕看多了,以后也会和他一样。

镇上也有很多"次品"的。剃头的歪肩膀,背上背着罗锅,走起路来,肩膀左右摇晃,像跷跷板一样。修鞋的瘫子,不能走路,每次出门带两张小板凳,交替前行。还有一对母子,看上去就像一对姐弟,因为他们的个子都很矮,不足一米,头又大,像顶了一只大南瓜……

从那一天开始,我的人生完蛋了。我彻底掉入恐慌的深渊之中。我知道,我在不久的将来肯定会成为他们中的一员。

我的话越来越少,舌头好像少了一截,嘴像生了锈的铁夹,有时候,整整一天,不肯说一句话。我越来越害怕见陌生人,有人来家里做客,我总是躲在房间不肯出来。我害怕与人对视,好像目光一接触,他们就会发现我的秘密。当然,我最害怕的还是长大,因为长大以后,谜底就会揭晓,我会毫无悬念地成为一个"次品",一个不折不扣的"怪物"。

下午漫长,时间仿佛停滞了,路上一个人也没有。窗户变成了一个空镜头,看得久了,就会生出睡意,脑袋里好像煮起了糨糊。

那段时间,我常常会做一个奇怪的梦。梦里,我成了一个乞丐,没有衣服可穿,裹着一床碎花的被单,走村串户,沿路乞讨。有一天傍晚,大雪漫天,我一脚深一脚浅地走着,厚厚的雪,在我的脚下像小老鼠一样吱吱地叫。路好像永远没有尽头,我整整走了一天,饥寒交迫,连一个村子都没见到。眼看天快要黑了,我开始害怕起来,如果找不到栖身之处,我就会成为埋在雪地里的胡萝卜……就在这时,一个村子出现了,铅灰色的炊烟在风中飘散,我的心中立刻生出一阵暖意。和雪而卧的村子冷清至极,一个人影都没有,我随便敲开了门,开门的是一个中年妇女,长得慈眉善目,她看起来有些眼熟,我好像在哪里见过一样。她盯着我看,看了许久,看得我很不好意思。她终于开口了,问我是从哪里来?家里有哪些人?为什么要当乞丐?我将自己可怜的身世一一道来,又说家里只剩下我一个人……没等我反应过来,她一把将我搂在怀里痛哭起来。我愣在那里,完全不知道发生了什么事。原来,她不是别人,就是我的姑妈,小时候抱养给别人的姑妈,也是我在这个世界上唯一的至亲……

　　这个奇怪的梦,让我恐慌不已,不敢向任何人提及。这再次印证了我是不折不扣的"次品",如果不是"次品",怎么可能做这种奇怪的梦,分明是父母双全,怎么说自己是个孤儿呢?

　　我迷上了画画,我喜欢画各种各样的怪物,它们有的是两个脑袋,有的是八条腿……我乐此不疲,因为,它们是我的同类,在这些怪物中间,总有一个是我未来的样子。

　　夏日的午后,雨总是不可缺的,方才还是烈日当空。转瞬之间,天色就变了,突然阴沉下来,仿佛黑夜已至。紧接着,雷声轰鸣,狂风大作,乌云像麻将一样被搓来搓去。

　　雨下起来了。开始的时候,落在地上,会惊起一阵轻烟,没多一会儿,它就像箭一样射下来,在地上射出一个又一个坑,大地好像嘟着嘴,一脸不高兴,再后来,雨越下越大,发了疯似的,天空和大地模糊一片,仿佛连到了一起。房子渐渐冷却下来,树木全都有了神采,晕沉沉的人们终于呼吸到了来自远方的清新空气。

　　我家在村子的最西面,离下一个村子足足有一里多地,中间需要穿过一片广阔的田野,田野空旷,连一间房子都没有。那些从镇上淋着雨一路奔跑的人,到了这里,叹了一口气,停住了脚步。因为,走进暴雨的旷野,和跳进河里几无区别。我家的走廊,顺理成章地成了躲雨者的天堂。

　　我记得,那天有两个穿着的确良衬衣的女人在躲雨,她们的衣服湿透了，紧贴在身上，像从水里捞起的两条鱼。

我听到其中一个女人看了一下天空，叹着气说："天要掉下来了。"她说得很认真，让我恐惧不已。我觉得，天掉下来，比地震还要可怕。天如果真的掉下来，房子就会倒掉，如果房子倒了，我就会被压成肉饼。

门反锁着，我无路可逃。那一刻，我变得伤感至极，我想等到父母回来，一切都晚了，这里会成为一片废墟，而我就埋在废墟底下，他们会抱着我痛哭，我却再也听不到。求生的本能，让我开始寻找最后的避难所。我在房子里转了几圈，躲进了衣橱里，这是母亲的嫁妆，里面漆黑一片，充满着旧棉絮的味道，我仿佛回到了出生之前。

夏天的雨总是来得快，去得也快。雨是什么时候停的，我全然不知。天并没有掉下来，空气湿润，风清凉如同薄荷，我睡着了，像一只小猫蜷缩在柔软的衣服堆里。

傍晚时分，劳碌了一天的父母，拖着疲乏的身体回到家，发现我居然不见了。他们惊慌失措，在村子里一遍又一遍呼唤我的乳名。

安静了一下午的村子，此时变得喧哗起来，大家将小方桌搬到场院上，开始享受甜蜜的晚餐。在灰棉絮般的光线中，我的乳名，就像一片羽毛，在村庄上空飘浮。

父母呼唤声越来越焦急，问遍整个村子，竟没有一个人见过我的身影。他们跑到了河边，对着河面呼唤，河面上空荡荡的，只有碎金般的光芒在闪烁，他们沿着河边往西跑，边跑边喊,嘶哑的声音,在风中渐渐消散,飘进漆黑的小树林……

听到他们的呼唤,我突然有一种流泪的冲动。第一次觉得,我这个"次品"在他们心中还是挺重要的。但我一动也没有动,我躺在黑暗中,像躺在母亲的子宫里,尽情享受着他们的呼唤,如此焦急,又如此动听,这让我无比幸福,这是我体验到的最初的幸福。

哈利路亚

> 小时候，我不敢一个人留在外婆的房间
> 我害怕霉迹斑斑的墙案和满脸络腮的耶稣
> 甚至是低头吃草的九十九只绵羊
> 门缝挤紧我
> 米粒的声音　蜡烛的声音　鼠迹的声音
> 都是耶稣走动的声音
> 　　　　　　　　　　——摘自旧作

我童年的大部分时间都是在外婆家度过的。外婆是什么时候成为基督徒的，我已经不知道了，或许在我出生之前吧。我每次从床上醒来的时候，都会看到南墙上的画像，一共两幅，贴在窗户的两侧，像两只巨大的耳朵。一张是满脸络腮胡子的耶稣，他赤着脚，穿着宽大的白色袍子，站在旷野里放羊，羊的数量是九十九只，它们低头吃草，用身体相互温暖。我问外婆："为什么是九十九只小羊？"外婆说："谁看了这幅画，谁就是第一百只小羊。"另一张是巨大的"爱"字，字的颜色是鲜红色的，外婆说那是耶稣的血染成的。在"爱"字的血管里面，还有一些黄颜色的小字，比如：爱是给予、爱是恒久忍耐……不管房间里的光线多么昏暗，只要我一睁开眼睛，就能看到它们，因为对于那时的我来说，它们是恐惧之源。我觉得无所不能的耶稣，离我非常非常地远。上午，外婆一般比较忙碌，她会提着篮子去村子后面的菜园摘一些蔬菜，有时候，还会去街上割一点肉。吃过午饭，外婆就坐在门边唱《赞美诗》。她的眼镜被我折断过，用橡皮胶布粘了起来，每当起风的时候，外婆就会用手捂住眼镜。

前赵圩

死亡是下午的脚步声，走近……
又消失在空落的风里。
门的响动源自翻动的《圣经》，
接着，干净的手指就抚摸到天国的花纹。

—— 摘自旧作

外婆家在后赵圩，每周三的下午，在前赵圩会有一个教友的聚会，大家称为"小礼拜"。如果哪一次不去的话，外婆就要关上房门和窗户，腿跪在床板上，手搁在床沿上做祷告，给耶稣请假，她会把家里的每个人的名字都跟耶稣说一遍，让他保佑我们。我跟外婆去做礼拜的次数不是很多，一般来说，我都会在阁楼或者香椿树上躲起来，外婆喊我，我会装着没有听见。我记得有一次，刚躲在草堆里，就被外婆找了出来。我没有办法，只好跟她去了前赵圩。那是夏日的午睡时刻，太阳火辣辣的，空气里弥漫着树叶浓郁的气味。河滩边的大树下，坐着一些人，他们在说一些遥远的事情。碧绿的小河里面，有一些孩子在摸鱼，一眨眼，他们钻进了水里，再一眨眼，他们钻出了水面，把摸到的鱼，扔到河滩上来，河滩上，更小的孩子把碎银子般的鱼捡进了木桶。知了的声音，一阵一阵的，像是啦啦队一样。出了村子，就觉得进入了烤箱。风吹在身上，都是滚烫的。汗水一下子涌出来，浸湿了后背。后赵圩和前赵圩之间有一条狭窄的小路，像烤焦的烧饼。路的一边是小河，另一边是一望无际的水稻田，泥土的腥味，随风飘来。河边是一些低矮的杨树和桑树，六月初的时候，我每天都爬到树上采摘乌黑的桑葚子。在路的旁边，有一座小坟，据说里面葬的是一个小孩，听其他的孩子说，天黑以后，村子外面会听到一个小女孩的哭声。每次经过时，我都非常害怕，我会加快脚步，心里默默地喊："主啊，救救我吧。"迎面来了一个人，他戴着草帽，骑着自行车。看到我们，他从自行车上跳下来，一边推着车，一边用小木块拍打着自行车后的木箱子，嘴里喊道："棒冰，棒冰，赤豆棒冰……"外婆似乎没有听见，从卖棒冰的人身边轻轻掠过。而我却站住了，翘起的嘴巴上可以挂一个酱油瓶。外婆回头看了我一眼,摇了摇头,给我买了支棒冰。我咬了一口,凉意就从舌尖扩散到身体的每一个部分,连脚趾都感觉到痛快。那时候,我就想,外婆需要耶稣,也许就像我需要棒冰一样。聚会的地点在河边的一个青瓦房里,房子前有一棵巨大的榕树,树枝上坐着一些孩子,他们头上戴着柳枝编织的帽子。远远地,我就看到门槛上坐着两三个人,就像是水从杯子里溢出来一样。外婆走上前,把头往里面一探,立刻有人站起来说,曹姊妹,快到这里来坐。我和外婆从人缝里挤了进去,那个老太太拉着我的手,问长问短,还摸了几颗花生糖给我吃。过了一会儿,屋子中间的八仙桌旁边的镂花椅子上坐了两个男人。一个是杨牧师,一个是李牧师。杨牧师已经九十八岁了,留着长长的胡须,像画上面的老羊。杨牧师说:"亲爱的兄弟姐妹,让我们开始对万能的主祷告。"外婆让我闭上眼睛,祷告开始了。"我们在天上的父,愿民都遵你的名为圣,愿你的国降临。我们日常的饮食,今日赐给我们。我们行在地上,如同行在天上。不叫我们遇见试探,叫我们脱离凶恶,因为国度权柄荣耀,全是你的,直到永远。"我听到耳边不停传来嗡嗡的声音。(很多年后,我依然只能用带着浓重溧阳口音的宜兴方言来祷告。)大家都讲"阿门"的时候,我也跟着讲了一句"阿门"。接着,讲道开始了,我只记得杨牧师说:"天国近了,你们应该悔改。"这时,屋子外面下起了暴雨,一下雨,天就暗了下来。雨点溅打在木桶上的声音,像沉闷的鼓点。一只黄狗,淋湿了脑袋,趴在后门口,一脸无辜。雨使屋子里的事物,都显得格外宁静安详。

徐舍

哈利路亚　神祇的风铃和葡萄架
唱着经文和颂歌的人
用泪水洗脸的人
在穿过林荫的阳光里
你们是有福的——

——摘自旧作

星期天,外婆偶尔会带我去十八里地以外的徐舍镇做"大礼拜"。外婆起得很早,她做好了糯米粥和油煎饼,把我叫醒了。外婆说:"起早一点,天也凉快,车上也不挤。"我从床上跳下来,揉了揉惺忪的眼睛,到河埠头去洗脸,早晨的河面上飘着淡淡的雾气,有时候从很远的地方,传来清脆的拨橹声,有时候,从长满芦苇的小岛上,传来水鸟漫不经心的叫声。出门的时候,天色依然是灰扑扑的,像是灰喜鹊的羽毛一样。空气十分清新,弥漫着榆树汁液的气息。风吹在身上,也是凉丝丝的。黑乎乎的木条窗里,人们还在沉睡,他们翻身时,年代久远的床板发出吱里嘎啦的声音。

我们在村口碰到赶早市去卖鱼的凌洪大。他说:"要出门啊?"没等外婆说话,我抢着说:"要去徐舍做礼拜。"凌洪大笑了笑,不知道该说什么。我牵着外婆的衣襟,往潘家坝镇上走去。经过广阔的稻田,我看到了远方轻轻的薄雾,经过一片厂房时,里面灯火通明。我问外婆:"那是什么?"外婆说:"那是灯泡厂。"灯火、机器冰冷的声音构成了我对工业的最初印象。旁边的空地上,有人在卖小猪,我使劲用鼻子嗅了嗅说:"有人在吃油条呢。"外婆没有理我。终于到了潘家坝车站,门是敞开的,里面一片安静,房子里弥漫着臭袜子的气味。这构成了我对汽车站的最初印象。南边的墙中间,有一个拱形的小窗口,上方用红漆写着两个我不认识的字。外婆在窗户上敲了敲,但没有回音。我坐在木凳上,迷迷糊糊地睡着了。外婆叫醒我的时候,天已经完全亮透了,车站前的空地上站满了人。有卖水果的,卖油条的,还有卖瓜子的,吆喝声此起彼伏。阳光从树枝间洒落下来。我不知道睡了多久。到了徐舍,穿过一条长长的老街,来到镇东面的教堂,我发现房子一点也不好看,房子是水泥刷的墙,冷冰冰的,拱形大门的上方竖着一个红漆的木十字架。门口有一些脸盆和蓝白相间的毛巾,是给来做礼拜的人洗尘的。我和外婆进了屋了,看到一群人围着一个老太太,便挤了进去。这个老太太是从上海来的,大家叫她陆姊妹。她指了指右额上方一个大大的指印说:"你们知道这是什么吗?"众人说:"指印。"陆姊妹笑了笑,不慌不忙地说:"你们知道这是谁的指印吗?"众人皆摇头。我想说,这是你自己的指印,但我没有吭声。陆姊妹提高了声调,得意地说:"这是耶和华的指印。""啊!"众人惊叹道。更多的人围了过来。众人说:"你看见耶和华了吗?"陆姊妹说:"有一天夜里,我给一个姊妹的女儿做了祷告回家,感觉很累,一躺到床上就睡着了。不知道过了多久,看见天花板上有一片白光,接着耶和华站在了蚊帐的上方,他的身体光芒四射。他跟我说,你愿意跟我去天国吗?我说,万能的主啊,我在这里,请差遣我。然后,我长出了翅膀,飞过了云朵,飞到了天国。"说到这里,她停了下来,喝了口水。众人说:"天国是什么样?陆姊妹,你快说说。"陆姊妹清了清嗓子说:"天国什么都有,有苹果,葡萄,还有香蕉,你们猜香蕉有多长?"众人皆摇头。她说:"有扁担那么长。"众人愣了一下,咂了咂嘴说:"天国就是不一样。"于是有人问:"天国那么好,你为什么还要回来?"这个声音一发出,就变成了重奏,很多人都提出了相同的疑问。陆姊妹不紧不慢地说:"其实我也不想回来,我跟耶和华说,'主啊,你让我留下来吧,我愿意在你身边服侍你。'耶和华说:'你要回去布道。'说完,在我的额头上点了一下,我就回到了尘世。"众人把陆姊妹围在中间唱起了《赞美诗》。很多像我一样的小孩都争相上前,希望陆姊妹摸他们的脑袋,因为,陆姊妹的手是有福的。礼拜做完了,时间是下午三点左右。灼热的青石板,把我的塑料凉鞋都烤软了。街上的人依然很多,我记忆最深的是卖草药的,还有变魔术的,还有卖凉粉的。我在人的缝隙里穿来穿去,外婆在人群中找我的时候,我就悄悄躲在她的身后。上汽车之前,外婆给我买了一块用油纸包着的杏仁酥,我用手掰了小小的一角,放进嘴里,其他的久久地捏在手里,舍不得吃。皮革的座位被太阳烤得滚烫,坐下去,就像坐上了火炉。我把一只手放在屁股下面,才没有让我的屁股烤成面包。车窗外的一切,是那么陌生,我把眼睛睁得大大的,生怕错过了什么。

溧阳

和温暖的手风琴声一起,
阳光打在虔诚的桌椅上,
木料飞翔。木料飞翔。
果汁般的歌声,撒布在
拱形的房顶和清澈的天空下。
圣女的歌唱是羔羊的花朵,
组成蓝星星和耶和华的花园。

——摘自旧作

有一段时间,外婆家搬到了小城溧阳。我记得离长途汽车站不是很远,有一条巷子,从巷子走进去一百米,就到了外婆家。外婆住的房子非常小,只有十个平方,放了一张床和一张桌子,屋子里的空间已经非常小了。但是不管怎样,我已经很满足了。我不仅到了城市里,而且还住了那么多的夜晚。下午的时间是漫长的,我搬了个折叠椅在房子前面的阴凉地里坐下来,看着小人书。空气里弥漫着煤渣的气味,我深深地吸了一口。那一段时间,我最喜欢闻的就是煤渣和汽油的气味,在我看来,那就是城市的气味。外婆的邻居家,有一个小院子,院子里有茂密的葡萄藤,还有各种各样叫不出名的花花草草。他们家有个女儿,年纪跟我差不多大,扎一条小辫子,走起路来一跳一跳的,像只小羚羊。每次碰到她时,我都想跟她讲话,但是我却不知道该说什么。有时候,我也会一个人溜到大马路上去,趴在白漆的护栏上,看着人来人往,闻着我喜欢的汽油味。晚上的时候,外公下班回来,有时候会陪我去澡堂里洗浴,我不喜欢澡堂里的气味,有尿臊味,还有木料腐烂的气味。洗完澡我们会到夜市上转一转,外公会给我买几件新衣服。回到家,就有下午吃剩的半只西瓜在等待我们。边吃西瓜,边乘凉。水泥地上泼了水,早就凉透了,在外面坐久了,风吹在身上,会觉得凉,但一到屋子里,就像是螃蟹进了蒸笼一样大汗淋漓。于是,又逃到屋子外面来,这样反反复复地折腾,直到睡意弥漫,眼皮打起了架,才爬到床上。有时候,半夜醒来,仍然会听到外面有隐隐约约的说话声。翻一个身,又睡着了。夏日里的睡眠,总是这样断断续续。星期天的早上,外婆总是起得很早,等到我醒的时候,她已经把饭菜做好了,罩在绿纱罩里,还泡了一大杯凉茶。我很不情愿地从床上起来。吃完早餐,她就带上我去做礼拜。溧阳的教堂在什么地方,我一无所知。我熟悉的仅仅是这条巷子。所以,跟在外婆后面的时候,我的眼睛总是到处乱看,一切对于我来说,都是那么新奇。在我记忆更深的地方,我是来过溧阳的。我记得一切的色调都是黑白的,街道上下过雨。外婆带我进了一家小吃店,店堂很大,吃饭的人也很多。外婆要了一碗馄饨,我吃了几个,喝了几口汤,然后坐在门口等着雨停。那一年,我是三岁,还是四岁,我记不清了,一切是那样遥远,遥远得仿佛没有发生过一样。正想着,我的脚踩到了西瓜皮,身子一趔趄,差一点摔跤。时间还早,环卫工人在清扫大街上的树叶。走了一段时间以后,我已经走不动了。我问外婆,什么时候到?外婆说:"快了,快了。"太阳出来了,知了的声音,也密集起来。走了差不多一个小时,才到了教堂。教堂里面,已经挤满了人,但每个人说话的声音都是轻微的。进了教堂,我赶紧找个地方坐了下来。外婆在一个纸箱子面前,打开了皮夹,取出了五元钱,塞了进去。我问外婆,为什么要拿钱?外婆说,那是功德箱,捐的钱以后可以造新教堂。我又问外婆:"上帝是万能的吗?"外婆说:"是的。"我没有说话,拿出随身带的一个铅笔头,从地上捡了一张纸,歪歪扭扭地写道:"既然上帝是万能的,为什么还要大家捐钱,他为什么不自己造一座教堂?"趁人不注意的时候,我把纸条扔进了箱子,然后躲到角落里暗暗地发笑。礼拜仪式开始了,外婆到处喊我的名字。我们挤到了人群中间,我看到前面黑压压的一片,我踮起了脚尖都看不到前面的修女,突然觉得有些沮丧。修女们开始唱圣歌,歌声和手风琴声一点点渗进我们的心里。很多年后,回想起来,我发现她们的声音里充满着甜蜜的忧伤。

一瞬之夏

男人爱上的第一个女孩,总是他的姐姐。日本导演黑泽明就曾在自传《蛤蟆的油》中深情地描述过她早逝的小姐姐,并说她身上有一种像水晶一般透明、柔弱易殒、令人哀怜的美。小姐姐去世后的某一个人偶节,他遇见一个女孩,像极了小姐姐,于是一路跟着她。一出门,女孩就消失了,男孩只看到满目绚烂的桃花,如梦如幻……

——题记

那年夏天,雨水特别多,村庄里光线灰暗,像海底的一艘沉船。我和堂弟天天待在家里玩,他胆了很小,只要一听到响雷,就捂着耳朵往衣橱里躲。雨淅淅沥沥下了半个月,天终于放晴了,母亲知道我们在家里闷得发慌,便叫我们去放鸭子。她说:"你们要小心看着,这群小鸭子心很野,只要有一晚不回家,就会变成野鸭子了。"堂弟一听,高兴地跳起来说:"那就把它们全放了,我妈说野鸭比家鸭好吃得多。"母亲瞪了他一眼,他不好意思地吐了吐舌头。

正是午睡时分,村子里空空荡荡,久违的阳光格外刺眼,树枝上,知了的声音越来越大,像是在吵架。小鸭子们闻到池塘的气味,顿时兴奋起来,摇摆着身子往下跳,动作笨拙而滑稽。有一只胖鸭子,胆子很小,它站在池塘边,探了一下头,马上又缩了回来。我用竹竿捅它的屁股,它急得嘎嘎直叫,就是不肯往下跳。堂弟俯下身,摸了摸它颤抖的身子,抱起来,像放纸船一样,小心翼翼地放到了水里。

　　我穿着一条开了三扇窗户的红短裤,撅着屁股,和堂弟在馄饨树下玩泥巴。村里的老人经常把我们叫作"黑白无常",因为我皮肤黑得发亮,像涂了黑漆的泥娃娃,堂弟则又白又胖,他总喜欢穿一双绿色的拖鞋,就像一只小白熊踩着一块西瓜皮。他在修一座城堡,我则在修一条公路,这是从我们小镇通往县城的公路,因为从我们镇上去县城还没有公路,只能坐轮船。我七岁了,还不知道县城是什么样子。热风吹得人昏昏欲睡,有一束调皮的阳光穿过层层叠叠的枝条,照在我背上,烟头一样烫。

　　蹲得时间长了,腿有些发麻,我站起来,跺了跺脚。就在这时,我看到村口的那片洋槐树下,站着一个又瘦又高的女孩,二十出头的样子,穿着白色的连衣裙,戴着一顶带粉红色流苏的草帽,漂亮极了,像是从挂历上走下来的一样。

　　她走得比我想象的慢,像一片云彩缓缓地、缓缓地飘过来。等飘到跟前时,我看到她的皮肤,比镇上所有的女孩子都白,眼睛像雨后的天空一样干净、明亮,一边走一边拿绸面的小扇子轻轻扇着风,一阵好闻的水蜜桃香味传到了我的鼻子里,我使劲地吸了几口,赶紧低下头。

我以为她已经走远了,抬起头一看,发现她竟然还站在那里,正握着一只粉红色的塑料水壶喝水,粉白的脖子,轻轻颤动。喝完水,她用手背轻轻擦擦玫瑰色的柔软嘴唇。我怕她发现我偷看,赶紧别过脸去,假装轻松地吹起了口哨。

"小弟!"她叫了我一声,声音像一朵蒲公英飘到我耳边,柔柔的,痒痒的。我没想到她会跟我讲话,脑子竟然一片空白,她后来讲了什么,我一句也没听清楚,像傻子一样摇了摇头。

看着她修长的背影,像一条细线,消失在道路的拐角,我心中竟然有了一种莫名的忧伤。堂弟用手背抹了抹鼻涕,看着我,一脸认真地说:"我妈说骗人是小狗,你刚才骗人了。"

我心里咯噔了一下,说:"我、我、我骗谁了?"

"小多不是你爸爸吗?小多家不就是你家吗?你怎么不知道自己家在哪里?"

我这下才醒过神来说:"我、我、我没听见。"

"我知道为什么了,"堂弟顿了顿说,"你……欢喜她。"

我恼羞成怒,抡起手掌吓唬他:"再说,我一掌劈死你。"

天色渐暗时,我们像两个小流浪汉,赶着鸭子,往家里走去。那只胖鸭子走得特别慢,堂弟干脆把它塞进短裤的口袋里。快到家门口时,闻到了久违的红烧肉香味,我使劲地吸着鼻子,撒开腿跑回家。可刚进门,见到她坐在竹椅上,马上又调过头,拼了命往外跑。堂弟不知道发生了什么事,跟着我,边跑边问:"阿哥,阿哥,你见到鬼了吗?"我跑得上气不接下气说:"比鬼可怕一百倍!"

我们躲到了"碉堡"里,那是村子西边一座拱桥的桥洞,离我们家有一里多地,周围一间房子都没有,只有一片幽暗的树林。经过一天暴晒,桥洞里到处都热得发烫,我身上黏糊糊的,就像是正在融化的小糖人。

天说黑就黑了,脚下的河水,颜色越来越深,渐渐看不清楚了,又过了一会儿,连我自己的脚趾也看不清了,风吹在身上,却还是热乎乎的,带着淤泥的腥味。堂弟的肚子,咕咕咕咕地叫着,让人心烦。他捂着肚子,一脸痛苦地说:"阿哥,我要饿死了。"我很不耐烦地说:"胖子的事情就是多。"谁知道他竟然哭了起来,我怕暴露目标,赶忙捂住他的嘴,安慰道:"你别急啊,等天黑了,我去给你采水瓜,再给你抓条鱼。"听我这么一哄,堂弟就不哭了。

不知道又过了多久,堂弟好像一下子醒过神来,嘀咕道:"我又没做错事,我回去又不会挨打。"我不想一个人待着,便恐吓他:"我听说那片小树林里有鬼火,它会追着你跑,你不怕吗?"谁知道他不吃这一套,拍了拍手上的尘土,跳到了河滩上,走了几步,又回过头说:"放心,我会给你送吃的。"他这么一说,我也觉得饿了,叮嘱道:"别忘了我们的暗号。"

堂弟走后,夜色变得更加黏稠,旷野里传来莫名其妙的声响,我竟然也害怕起来。去年,村里有一个叫小扁豆的男孩被水鬼拖到了水底,淹死了。老人们说,水鬼的身体不大,力气很大,就连牛都能拖走。我越想越怕,河面上的每一点响动,都让我心惊胆战。有几次,我想着干脆硬着头皮回去算了,可是,想到父亲刀子般的眼睛,我又放弃了。

一群蚊子发现了我,它们围着我嗡嗡地叫个不停,让我心烦意乱,正想拍,桥面上响起了一阵脚步声,越听越像我的父亲。我的心猛然一紧,屏住了呼吸。蚊子趁机对我大举进攻,我咬着牙忍着。等到脚步声离我远去,夜色重新缝合起来,我才长长地舒了一口气,完全放松下来。

我趴在河边,喝饱了水,爬回"碉堡",躺了下来。我看着黑漆漆的拱顶,越看越像一口棺材,突然,一种从未有过的孤独感涌上了心头,我觉得自己就像一个被遗弃的孤儿。泪水滑到唇角,又咸又涩。

"阿哥!阿哥!"

堂弟在叫我了,我赶紧擦干了眼泪,假装镇定地说:"暗号!"

堂弟忙说:"天王盖地虎。"

我则回:"宝塔镇河妖。"

我听到黑暗中传来一阵笑声,是一个女孩子的笑声,像梨瓜一样清脆,心中暗暗一惊,堂弟把我出卖了。我急忙从桥洞里跳下来,准备逃跑,一着急,把脚崴了。我坐在地上,沮丧至极,像一架失事的飞机。

堂弟从桥上踢踢踏踏地跑下来。"叛徒!"我骂道。他倒也不生气,塞了一颗糖给我。我侧过脸,不理他。他说:"阿哥,你知道下午那个丫头是谁吗?是南京大伯的女儿,我们的堂姐。她带了糖,还带了两件海军衫,我妈说,这可是花钱都买不到的。"

这时,堂姐从桥上下来了,她的脚步声很轻很柔,但却像马蹄一样在我心中响彻,我恨不得跳河而逃。空气中充满了好闻的蜜桃味儿,堂姐站在了我面前,我知道她在笑,但我不敢看她,低着头,剥着指甲。

堂姐说:"我背你。"说来也怪,她的话竟然像灵丹妙药,我的脚竟然没有那么疼了。堂姐笑着说:"你还没有叫我阿姐呢?"我想喊她,可嘴里像塞了头大象。堂姐也不介意,摸摸我的头,拿了草莓味的夹心饼干给我吃。

吃完饼干,她就蹲下来,我顺势趴上去,搂着她的脖子,心怦怦得直跳,我能听到她轻微的呼吸声,连她呼出来的气,竟然都是甜丝丝的。她的头发在我的脸上,蹭来蹭去,像猫咪的胡须,痒痒的。

月亮终于出来了,月光像水洗过一样,像是给堂姐盖了条美丽的纱巾。她背着我,一只手还牵着堂弟。草丛里,有潮湿的蛙鸣和闪烁的微光。村子里,灯火正一盏盏熄灭。我觉得眼皮越来越重。

早上起来,家里出奇地安静,只听到座钟在嘀嗒嘀嗒地响。我睁开眼,看到枕边放着新衣服,赶紧下床去找堂姐,可找遍了所有的房间,都没找到。我以为她已经走了,坐在门槛上,把脸拉得长长的,像一根苦瓜。

母亲从河埠边洗完衣服回来,我装作平静地问:"阿姐回去了?"母亲一边晾衣服,一边说:"在你叔叔家呢。"听到这里,我跳起来,一蹦一蹦地往叔叔家走去。到了叔叔家门口,我并没有进去,而是扒在门沿上,偷偷往里看。堂姐正在吃早饭,脸上印着粉红的竹席印子,她换了另一条白裙子,光滑的肩膀露了出来,像大白兔奶糖一样白,手上涂了透明的指甲油,尖尖的指甲,像是草叶上一滴露水。堂弟则穿着白蓝相间的海军衫,坐在竹椅上玩他那把木头枪。

堂姐吃完早餐,准备出门了,我赶紧跑到门口的草垛里躲了起来。等他们走出了一段路,我就轻手轻脚地跑到她身后,猛地抱住她的腿。堂姐脸色吓得煞白,见到是我,马上又笑眯眯地说:"你去哪里啊?"我反问:"你们又去哪里啊?"堂弟说:"去邻村看大伯的好朋友,大伯带了棉花和糖果给他。"堂姐问我:"你要不要一起去?"我没说话,把手悄悄塞到了堂姐的手里。

大伯的好朋友留我们吃了午饭,又拿了两斤自己炒的茶叶让堂姐带回去。太阳很毒,我的手出了很多汗,滑溜溜的,像块湿肥皂,可我还是舍不得把手从堂姐的手里抽出来。

下午无所事事,我提议去捉鱼。我从家里拿了一只竹篮,一只水桶,带着他们往村子西边走去。堂姐有些怀疑:"就拿这个篮子,我们能捉到鱼吗?"我说:"等一下你就知道了。"堂弟好像有些不乐意,翘着嘴说:"我妈说,沟里有很多很多蛇,昨天有人捉到一条,比我还长呢。"我白了他一眼说:"你要是怕,可以不去嘛,反正你也帮不上忙。"可他却还是像个跟屁虫一样跟着。

到了沟渠边,我示意他们把脚步放轻。观察了一会儿后,我装作很有经验的样子说:"这里有鱼。"然后,对堂弟说:"你用泥把这里封起来。"堂弟不敢下水,堂姐脱了凉鞋,把裙子卷起了,打了个结,开始在沟里堆泥。我向前走了十几米,轻手轻脚地下水,也开始堆泥。等到两头都封好之后,我和堂姐就像搅糨糊一样,把沟里的水都搅浑了。

几分钟后,鱼开始浮起来了。堂姐迫不及待,拿了篮子开始捞,可是她的动作太慢,一条都没捞到。我拿过篮子,利索地放下水,又利索地提起来,第一篮就收获了一条柳叶鱼和三只小白虾。我们的收获不小,但也付出了代价,我的身上、脸上都溅满了泥浆,堂姐白净的小腿上,被蚊子咬了一串串的红点,就像赤豆粽子一样。

天阴沉下来,雷声轰鸣,堂弟很害怕,说:"我妈说,雷会把人劈成两半的,我们快回去吧。"我说:"胆小鬼,要回,你先回。"说完,我又下了一篮,可刚提起篮子,我就扔掉了,跳上田埂,边跑边说,惊魂未定地说:"蛇,蛇,有蛇!"

过了好一会儿,我说:"我过去看看。""要不,我去吧。"堂姐的说话声都有些颤抖。我的脚虽然在发颤,但还是装作很镇定的样子说:"放心,我有办法。"我找了根棍子,走过去,刚提起篮子,就听到了草丛里传来嗦嗦的响动声。

那条蛇正向我游来,我看到了它绣花鞋一样花哨的尾巴,看到了令人恐惧的蛇芯子,心怦怦地跳着。我想跑,但已经跑不了了,蛇已经到了我脚边。我想起父亲说过,蛇在身边的时候最好不要跑,你跑得越快,它追得越快。于是,我闭着眼睛,咬着牙,一遍遍地对自己说,不要动,不要动……蛇似乎对我也没有什么兴趣,慢吞吞地游着,尾巴划过了我脚踝,就像一把冰凉的匕首。

雨终于下了,豆大的雨点,像是有人用手指不停地弹我的脑门,越弹越重,越弹越快,最后,弹得我连眼睛都睁不开了。堂姐怕我们滑倒,让我们躲在她的胳膊下,她紧紧地抱着我们,就像一只大鸟用翅膀保护着两只小鸟。我们在一片白茫茫的大雨中走着,每一步都很艰难,但我却希望雨永远都不要停。

回到家时,我们浑身都湿透了,往堂前一站,地上就积了一摊水。母亲刚要骂人,见到我们带回来的半桶鱼,到了嘴边的话儿又咽了回去。她赶忙叫我们脱衣服,拿干毛巾给我们擦身子。我擦完身子,就去给堂姐烧水洗澡。洗澡盆是一只大铁锅,像煮饭一样。水太烫了,堂姐叫我加冷水。我掀开布帘子,看到了她雪白的背。我只看了一眼,就不好意思再看了。

那天晚上,父亲回来得很晚,天黑的时候,我们才开始吃晚饭。母亲叫我把小饭桌搬到场院上。晚饭很丰盛,我们捉的黄鳝,烧了茄子,泥鳅炖了豆腐汤,柳叶鱼则裹上一层面粉,炸得金黄金黄,吃在嘴里,又酥又脆。父亲像往常一样,用肚脐一般小的白瓷酒盅喝白酒,每喝一下,就皱一下眉头,像哭一样。堂弟也在我们家吃饭,吃得满脸都是米粒子。雨后的空气有一股甜味,风吹在身上,像喝凉茶一样舒畅。

到了睡觉的时间,堂弟要把堂姐拉到他家去,我马上板着脸说:"她昨天陪你睡了,今天轮到我了。"堂弟不理我,硬扯着堂姐的手往前拉,我一看形势不妙,忙拉住她的一只手。

"阿姐,别跟他睡,"我说,"都四岁了,他还尿床呢!"

"他是烂脚丫,会传染的!"堂弟马上反击道。

"你是尿床大司令!"

"你是烂脚丫大将军!"

看到我们吵架,堂姐生气了,皱着眉头说:"你们要是再吵,我一个都不理了。"

"阿姐,告诉你一个秘密。"堂弟却不肯罢休,说道,"他欢喜你,他要娶你做老婆呢。"

堂姐一听,扑哧一笑。我却尴尬极了,对着堂弟的背上猛击了一拳,他哇的一声哭了起来。母亲正在厨房洗碗,听到哭声跑出来,她用指关节猛敲我的头,声音清脆而响亮。我也大哭了起来。她过来扯我的手,可是她越扯,我的手就抓得越紧。堂姐把我俩揽在怀里说:"如果你们不吵架,我们三个就一起睡!"

那天晚上,堂姐睡在我家,她睡在中间,我和堂弟一人一边,我把脸贴在她软绵绵、香喷喷的手臂上,很快就睡着了。后半夜,她的咳嗽声吵醒了我。我睁开眼,看到月光从窗户里照进来,把房间照得像白天一样亮堂。她把床单裹得严严实实,额头上布满盐一样晶莹的细汗。她要起来喝水,我赶紧跳下床给她去倒。这时,堂弟也醒了,他吓坏了,一个劲地问:"阿姐,你不会死吧?你不会死吧?"她笑了笑说:"可能感冒了。"过了一会儿,隔壁房间有了动静,父亲起来了。他背着堂姐去村里的赤脚医生家,我则在前面打手电筒。

赤脚医生睡熟了,叫了半天,他才打着呵欠来开门。堂屋里只挂了一盏节能灯,光线很暗,像一个睡眼蒙眬的人,勉强睁着眼睛。灯光把每个人的脸,都照成了蓝色。

赤脚医生打着手电筒,让堂姐伸出舌头,又翻开她的眼皮,然后从一只铝饭盒里拿出针管,准备打针。我转过头,不敢再看。桌子上摆了很多瓶瓶罐罐,趁他没注意,我打开一只棕色的瓶子,从里面取了一片药,悄悄把外面的糖衣舔掉,又放了回去。

医生叮嘱堂姐不要吹风,所以,接下来的几天,她大部分时间都是在床上度过的。她胃口不好,吃饭吃得很少,父亲便给她买了一罐麦乳精、两袋华夫饼干,当然,其中的一大半都进了我和堂弟的肚子。

第一次喝麦乳精时,我一连喝了三大杯,走路的时候,都能听到肚子里晃荡的水声。我没想到这世界上居然还有这么好吃的东西,看来生病真是一件再好不过的事情了。

晚上,父亲让堂姐一个人睡,而我总是在半夜里,偷偷跑到她床上,等到天快亮时,才回到自己的床上。白天,她坐在床上安安静静地看书,我和堂弟就在床边玩玻璃珠子,等我把堂弟的玻璃珠子全赢完了,才发现堂姐在哭,眼睛就像一条小溪,透明的溪水,顺着鼻翼流下来,嘴唇上闪烁着透明的微光。

"阿姐,你怎么了?"我轻声问。

她不好意思地擦了擦眼泪说:"没事,是书写得太感人了。"

"阿姐,你看的是什么书?"我又问。

她说:"《人生》。"

堂弟把"人生"听成了"人参",忙说:"看了这本书,是不是会长生不老啊?"

她正在喝水,听堂弟这么一说,扑哧一笑,水都喷了出来。她开始跟我们解释什么是人生,她说人生就是一个人从生到死的过程,这一生,要做很多很多事,要念书、工作、谈恋爱、结婚、生孩子……

我问:"那这世界上有没有长生不老啊?"

她摇了摇头。

堂弟问:"我这么小,生出来的孩子,不是只有鸭子那么大?"

她又笑着说:"你也会长大啊,你会长得像你爸爸那么大。"

堂弟似懂非懂地点了点头。

四天之后,堂姐的病彻底好了,可是,堂弟却病倒了,堂姐给他买了一大堆水果罐头。我别提有多难受了,那段时间,我做梦都想生病——生一场大病,最好是一辈子都好不了,当然,前提是不用打针也不用吃药。

梦想最终还是变成了现实。一天早上,母亲叫我起床,我撒着娇说:"我的头好痛,手好酸,我一点力气都没有……我要死了。"母亲很紧张,摸了摸我的额头,又摸了摸自己的额头说:"不好!发烧了。"她要带我去看医生,我不肯去,有气无力地说:"我的病和弟弟的病是一样的,他吃什么药,我就吃什么药呗。"母亲便给我去配了药,又叫堂姐喂我吃药,可只要她一转身,我就把药扔到了床底。

吃饭的时候,堂姐坐在床边喂我,她用筷子把鱼肉里大大小小的刺全部挑了出来,可我只吃了一口,就吐了出来。堂姐看我吃不下饭,便到供销社买了麦乳精和水蜜桃罐头。

85

这些东西虽然好吃,但是到了后半夜,我总是会饿醒,只好偷偷爬起来,到厨房找填肚子的东西。到了第三天晚上,我还是躺在床上,没有一点好转,母亲急了,要带我去看医生,眼看这场戏再演下去就要露馅了,我只好草草地收了场。

我的病好得正是时候,因为第二天就是镇上赶集的日子,狭窄的街道上挤满了人,我和堂弟像泥鳅一样钻来钻去。空气里弥漫着浓浓的烟草味和汗酸味,堂姐闻不惯这个味道,一直用手捂着鼻子。她去买烧饼,让我们在一旁等着,不要乱走。我们哪里管得住自己的脚,不知不觉就往前走了。

我看到有一个老头在卖药酒,他的头发、胡子和眉毛全白了,像仙人一样。他面前放了几个玻璃罐,里面泡的居然是蛇,有一条蛇有碗口那么粗,样子很是吓人。往前走,一个瘪嘴的老头,正在用草叶编着各种小玩意儿,几片草叶在他手里绕来绕去,不一会儿,就变成了一只蟋蟀,或者一只小鸟。再往前走,又看到一个中年男人在卖小猪,他手里拿着酒壶,口袋里放着花生米,喝口酒,就往嘴里扔一颗花生米。那三只小猪像是穿了靴子,在地上拱来拱去,最后,它们拱到一起,扭打成一团……我蹲在一旁,看入了迷。

这时,有人拍我的肩膀,回头一看是堂姐。她把热乎乎的烧饼递给我,又问:"弟弟呢?"我朝四周看了看,吓出了一身的汗,堂弟竟然不见了。"刚……刚才……还……还在啊!"我一急,舌头就变成了麻花,话也说不利索了。

堂姐拉着我钻进人群,边走边喊堂弟的小名,不时,还停下来问街边的小商贩,可是我们从街头找到街尾,再从街尾找到街头,都没有找到,最后,又回到了烧饼店门口。堂姐眉头紧锁,急得脸都红了,她一边四处张望,一边自言自语:"他那么小,要是被坏人骗走了怎么办?"我知道闯了大祸,低着头,不敢看她。就在这时,传来一阵轮船的汽笛声,她拔腿就往码头跑去。

我们晚到了一步。轮船正准备开,河面混浊,漂满了烂菜叶子,螺旋桨打出了一个巨大的旋涡,河滩上,有一只黄毛狗汪汪汪地吠个不停。

突然,我看到了河面上漂着一只绿色的小拖鞋,尖叫道:"拖鞋!弟弟的拖鞋!"堂姐赶紧对着轮船大喊,可船上的人根本听不到她的声音,轮船离岸越来越远了。她跑到候船室,找售票员说了一大堆好话,售票员拿了面小红旗在岸上挥了挥,轮船靠岸了。

我们在一张绿色木条凳上找到了堂弟,他睡得正香,嘴角还在流口水,脚上只穿了一只拖鞋。堂姐叫他,他一点反应都没有。船上的乘客都好奇地看着我们,只有一个脸上有刀疤的老头闭着眼睛,好像睡着了。

堂姐背着堂弟回家,半路上,他终于醒过来了,只是他的眼睛像是木头刻的,一点神采都没有。堂姐黑着脸,问他刚才发生了什么事,怎么一个人跑上了轮船。堂弟说:"有个老头给了我一颗糖,我吃着吃着,就什么事情都不知道了。"堂姐沉默了一会儿说:"现在外面坏人很多,你们不能随便吃别人的东西,知道吗?"我们点了点头。

　　进村的时候,我越走越慢,最后索性蹲在了地上。堂姐问:"你肚子不舒服吗?"我摇了摇头。堂姐问:"走不动了吗?"我又摇了摇头。堂弟好像知道我在想什么,他说:"他是怕回去挨打。"堂姐听了,马上对我说:"今天的事不能怪你,要怪只能怪我。"堂弟补充道:"还怪我自己嘴太馋。"堂姐见我还不肯走,又说:"今天的事,是我们三个人的秘密,谁都不能说出去,谁说出去谁就是小狗。"说完,我们拉了钩。

　　美好的日子,总会让人产生错觉,我以为堂姐会一直待在我们家,所以,当她说要回南京时,我难过极了。整个晚上,都睡不踏实,过一会儿,就要睁开眼看看外面的天色,生怕睡过了头。

　　母亲起来做早饭了,她准备到河边去打水,却怎么也打不开门,赶忙叫醒了父亲。父亲一看我没在屋里,就知道是我在搞鬼,扯着嗓子喊:"快开门,再晚你姐就错过轮船了。"我没有理他。他见软的不行,就来硬的:"快把门打开,再不开,我就把你打成扁团子。"说完,又对母亲说:"把锯子给我找来。"

　　我害怕了,乖乖地开了门,父亲突然从门背后操起一根扁担,冲了过来。我拔腿就跑,他一手拿着扁担,一手叉着腰,气急败坏地说:"你要是敢跑,就再也别回来。"我一动也不敢动了,闭上眼睛,等着父亲的惩罚,"啪"的一声,扁担落了下来,可我身上一点也不疼,睁眼一看,堂姐挡在了我前面,扁担打在了她的腿上。她紧紧地将我抱着,说:"叔叔,你别打了。他是舍不得我呢。"我鼻子一酸,哭兮兮地问堂姐:"阿姐,你痛不痛?"她咬着嘴唇,摇了摇头,眼睛里闪烁着微光。我说:"那你明年夏天一定要来。"她点了点头。

在漫长的等待之后,第二年夏天终于到来,每天午睡之后,我和堂弟都会跑去轮船码头玩。烈日炙烤下的小镇很荒凉,架着机关枪也扫不到几个人,候船室里的售票员,正在打瞌睡,电风扇摇头晃脑,累得直喘气,发出咯咯的摩擦声。只要一听到隐隐约约的汽笛声,我们的眼睛就突然变得明亮起来,轮船像一个行动不便的大胖子,终于慢吞吞地靠岸了。我们仰着头看着船舱里吐出的人,一个,一个,又一个,可是,堂姐始终没有出现。泛着白色泡沫的旋涡安静下来,水面上漂着五颜六色的油花……码头又变得冷清起来。傍晚时分,最后一班船开走了,候船室果绿色的大门关上了,那悠长的吱嘎声,像是一声叹息。我和堂弟怅然若失地往家里走去,路上一句话也没说。

世界如此遥远

从小,我就是一个不安分的孩子。当我还像绿豆那么大的时候,我就想尽一切办法离家出走。具体的时间我已经记不清了,但可以肯定的是那是在我四岁之前,因为,三岁那年祖母从我的生活中永远消失了。在这之前,我们住在老屋里,老屋破败,即使是晴天,屋子里的光线,也像是茶壶里隔夜的大麦茶,灰暗、微凉,到了雨天,光线更暗,屋子便像一只黑色的木匣,祖母总是早早地点起煤油灯,窗户在摇晃,房子在摇晃,祖母的影子也在墙壁上来回摇晃,如同皮影戏里的人物一般飘忽不定。午老的黄猫总蜷缩在灶屋的草结上睡觉,而祖母总是忙个不停,有时在门槛边剥蚕豆,有时在八仙桌边做针线,有时又在切猪菜……而我,总喜欢躺在床上,将所有的被子都垫在身下,两只脚靠在墙上玩吐泡泡的游戏。一不小心,我就睡着了,像一颗豆子轻轻滚进墙角。我的梦中,一再出现镇上的情景,其实,镇上我只去过两三回,我知道那些木制柜台上排放着的玻璃瓶里,装满了花花绿绿的糖果。我想吃那些糖,便将嘴高高翘起,赖着不走,祖母要说她没带钱,我不相信便伸手到她的裤兜里,裤兜是空的。祖母要走,我便攥紧她的衣角,不让她走,她一把抱起我。我从她怀里挣扎出来,然后躺在地上,像搅糨糊一样,在地上乱滚。祖母还是没有答应我的要求。等所有的办法都用完之后,我只好站起来,边哭边跟在她身后,好像受尽了委屈。

只有在梦里,我的愿望才会满足。在梦里,小镇的街道不再是青石板铺就的,而是厚厚的被窝,我数了一下,竟然有九层之多,而我也有了魔法,手可以无限伸长,一伸手,就可以抓到那些花花绿绿的糖。大人们坐在一起聊天,根本没有发现我的举动。我躺在九层棉被上,将一把糖塞进了嘴里,糖水从嘴角流下来……从梦里醒来,我的嘴里,仍然充满着甜味。这个时候,祖母去河边淘完了米回来,老远,我就听到了她的咳嗽声,空气里似乎有熟悉的血丝味道,这味道,像一条冰凉的蛇在屋子里游走。她前脚刚踏进门,就下起了雨。祖母开始生火煮饭,雨将稻草浸湿了,怎么点都点不着。屋子里旋即灌满了烟,宛如仙境。我想,这对我来说,是逃跑的好机会。我像蚂蚱一样从床上跳起来,光着脚,贴着墙壁,慢慢地往外移动。祖母在灶屋里,并没有看见我。不一会儿,我已来到了堂屋,这时,我的心凉了半截,因为,不知道什么时候,祖母竟然把大门关上了。我屏住呼吸,轻轻地拉开门,吱扭一声,门露出了一条缝,我又拉开一些,一只脚刚跨出门,祖母不知道什么时候站在了我的面前。祖母说,你要去哪里?我抓了抓脑袋说,我、我、我要撒尿。这一次出走以失败而告终了,我不得不想另外的办法。

经过一段时间的勘察,我把目标锁定在了卧室的木条窗上。木条窗的下面,是一张圆腿的红漆桌子,我只要爬上桌子,就可以神不知鬼不觉地溜出去。那天下午,祖母像往常一样,在堂屋里做针线活,我假装午睡,然后悄悄地从床上爬起来,搬来一张小凳子,然后爬上了窗台,我先把身子塞出了木条窗,接着,将脑袋塞出去,可就在这时,意外发生了,我的脑袋竟然被卡住了,出也出不得,退也退不得,挣扎的疼痛让我哭了起来,祖母循声而来,将我解救下来,我的出走又一次失败了。

没过多久,我却迎来了祖母的出走。那个上午,阳光格外明亮,风轻轻吹拂,像柔软的舌头舔着村子里的寂静。这一天,我记得格外清晰,如果早年的记忆是一本黑白的书,那么它就是里面唯一的彩色插图。祖母没有像往常一样早早地起来煮粥,也没有人来催我起床。屋子里有一股生铁的气味,我睡得头昏脑涨才从床上爬起来,父亲和母亲围在祖母的床前,脸色如坚铁一般沉重。祖母说冷,父亲抱来了一张棉被,祖母还说冷,父亲便把所有的棉被都抱来了。我看到祖母的额头上冒出了汗珠,她却还在说冷。母亲拿了五分钱,让我去镇上买根油条。我便一跳一跳地往镇上跑去,早餐的时间过去了,街上的人也稀了,铁筐里只剩下最后一根油条,软绵绵地耷拉着脑袋,我吃完油条,用手上的油抹了抹头发,回到家,我就发现了异样,屋子里来了很多人,本来就狭窄的房子显得更加狭窄,劣质烟草的气味,熏得我睁不开眼睛。傍晚的时候,祖母走了。

祖母离开后,我们搬进了新修的砖瓦房。我成了一个没有人管的孩子,被反锁在家。在漫长的午睡之后,冗长而寂寞的下午正式开始,我就会爬到桌子上,用手撑着脸,看着外面的世界。路上偶尔出现的行人,让我浮想联翩,我不知道他们从哪里来,又要到哪里去,看着他们的背影消失在路的尽头,我总是格外惆怅,像被人遗弃在草丛里的一枚空空蛋壳。我又一次想到了离家出走。屋子里所有的门都紧锁着,我沮丧极了,这时候,我家的小狗从外面进来,它让我眼睛一亮,或许我可以从狗洞里出去。我俯下身子,将头伸进狗洞,然后将身子侧起,慢慢地往前移动。我居然逃出来了,我感觉身子滚烫,像被无数的火苗灼烧。我可以去哪里呢?我想到了坐轮船去县城。短暂的兴奋之后,我的身体里旋即充满了恐惧,这些恐惧来自大人们日常的谈话,他们说,县城里有人专门剥孩子的皮,用来做灯罩,只要在头上割一条口子,将水银灌进去,就可以轻易地剥掉皮。我在村口的树下站了一会儿,还是决定去后赵圩的外婆家。外婆家离我家有四五里地,从我们家过去,要经过很多个村子,还要经过几片坟地,以往,我都是跟父母一起去的,每次经过坟地时,我就会闭上眼睛,即使这样,我也会觉得脊背一片冰凉。我不知道自己能否顺利到达后赵圩,一方面,我不认识路,另一方面,我不知道自己如何经过那片坟地。我不安地往前走着。前面,有一个人,迎面走来,很像我的父亲,也和父亲一样穿着蓝里翻白的中山装,我赶紧找个草垛躲起来,等看清他的脸,我的身子才松弛下来。

过了杨家桥,情况比我想得更加糟糕,因为连续半个月的雨水,道路变得泥泞不堪了。我咬了咬牙,继续前进。可是,一踏进去,我就后悔了,感觉胶鞋越来越重,满额是汗。鞋子是哥哥的,本来就大,走不多远,我一提脚,鞋竟然被埋在了泥里,找不到了,我一只脚站着,另一只脚悬在空中,不知道如何是好。我就像一条在海上迷失的小舟,幸好,不远处有一棵树,我一伸手,抓住了一根枝条,这才没有让我变成埋在地里的荸荠。这时候,我听到身后传来一阵清脆的声音,我回头一看,是个中学生,那声音是他的饭盒与文具盒碰撞的声音。他走到我的跟前说:"你怎么了?"我带着哭腔说:"鞋掉在泥里了。"他笑了笑,从泥里帮我拔出了鞋,去池塘里洗了洗。然后,我们一路同行。他问我:"你要去哪里?"我说:"去外婆家。"他问我:"你家在哪里?"我指了指身后。他又问我:"家里还有什么人?"我一下子警惕起来,说:"我家有很多人,除了爸爸、妈妈之外,还有八个姐姐,九个哥哥,六个弟弟。"接着,我一一报出了他们的名字。他惊住了。其实,我说了谎,我把村子里所有的孩子都说成了我们家的人了。他似乎看出我在瞎编,笑了笑,走了。

我继续前进。可是,天却越来越黑了,成团的乌云,使天空越来越沉重。我凭着依稀的记忆,往前走着。雨是突然下的,把我浇透了,我看到前方有一间平房,窗户里露出橘黄的灯光,便快走了起来,因为走得太急,我摔倒了一次,可是我马上就爬了起来,因为,我身后有一台拖拉机,我怕他把我们当成一块石头从身上碾过去。平房里正在轧米,老旧的机器发出巨大的轰鸣。我站在檐下,瑟瑟发抖。天越来越黑,我的心越来越慌,不知道过了多久,屋子里走出来一个长着满面胡子的男人,他满身都是灰,胡子似乎也变白了。见到我,他有些意外,问:"你是哪个村的?要去哪里?怎么一个人跑了出来?"我骗他说:"我家住在后赵圩。"他说:"你能找到路吗?"我摇了摇头。他愣了一会儿说:"我带你去吧。"说完,就锁上门,背着我,撑着一把油纸伞,往后赵圩走去。雨很大,前面的村庄都笼罩在烟雾之中,高高的河堤像在风中奔跑的马匹。他头发里的谷香和他身上的烟草气味,让我感觉深深的暖意,我像一只小松鼠,蜷缩在他的背上。

到后赵圩的时候,天已经快黑完了,家家户户大门紧闭,正在准备晚餐,铅灰色的炊烟在风中消散。屋檐下,雨水像金鱼一样吐着泡泡。外婆家的门也虚掩着,从门缝里飘出韭菜饼的香味。我说到了,他便放下我,转身走了。外婆见我来,很是意外,她看了看我身后,问:"你大大呢?"我说:"在家。"她又问:"你姆妈呢?"我说:"在家。"她惊叹了一声:"你是一个人跑出来的?"我点了点头。外婆见我全身湿透了,马上拿干毛巾给我擦干头发,给我换上了表姐的花衣裳。我冷得发抖,坐在温暖的灶屋里,像一只生病的小猫。

那个晚上,我睡得很香,把身子蜷成一团,就像一只掉进蜜罐的小虫子。第二天,我听到厨房里传来碗碟清脆的碰撞声,温暖的阳光透过窗户,像毛茸茸的虫子在我脸上爬动,我缓缓地睁开眼睛,竟然发现自己不是在外婆家的床上,而是在自家的床上,空气里弥漫着父亲做的糖面衣的气味。那一刻,我感觉有些不可思议,昨天发生的一切,难道都只是梦?后来我才知道,昨天晚上,父亲回到家,没有见到我,十分着急,在村上和镇上的每一个角落找了个遍后,又冒着雨,来到了外婆家,将我背了回来。

整个小学时代,我都像一个流浪汉,只要一有机会,就想离家出走。记得上一年级的时候,有一次,我去同学家玩。同学家在一个很大的村子,村里有很多老房子,巨大的树让村子有几分阴森。我们往村子东边走去,看到一个高年级的同学带着一帮小屁孩在修"房子",小屁孩们分工明确,有人和泥,有人搬砖。我们很快就加入了搬砖者的行列。花了大半个下午,"房子"终于砌好了,上面还盖了牛毡布,虽然只是鸡窝那么大,但我们却很有成就感。不知道谁从里面找来了稻草,铺在上面,我们便抢着进去,推搡之间,"房子"轰然倒塌。我们四散而逃。

很快,放暑假了,我约好和同学一起去河边拾荒,他的名字,我已经记不得了,只记得他有点傻头傻脑,一年到头拖着鼻涕。我们顶着炎炎的烈日,像扫雷的工兵一样在河滩上搜索。傍晚的时候,我们将捡来的东西卖给了供销社的收购站,拿着毛票,便往副食店跑,一人买了一支赤豆棒冰。

吃完棒冰,时间已经不早了,老街上照例是一派热闹的景象:那些做小生意的,不紧不慢地收拾摊档,一整天生意清淡,他们心有不甘,想在天黑之前做一笔大生意;矿工们从山上下来,戴着矿工帽,身上、脸上全沾满了泥巴,像是沾满了黄泥的咸鸭蛋,他们手里拎着一斤散装白酒,几块老油豆腐干,脚步越走越快,像是要去救火一样;河边的埠头上挤满了人,淘米的、洗菜的、打水的,一边干活,一边闲聊,很是热闹。

我一点不想回家,准备去同学家过夜。他家所在的村子,就在我家对面,中间隔了一条屋溪河。河两边长着青青的芦苇,而我家对面是一个码头,没有任何遮挡。经过码头时,我的脚步放慢了,我先探出脑袋,观察了家里的情况,家里的一切和平常没有两样,妈妈还没下班,父亲在菜园里浇粪,哥哥坐在场院的椅子上看书,那一刻,我的感觉很特别,就像一个鬼魂,在远远地注视着一切。我害怕他们发现,闭上眼睛,以最快的速度,向前跑,可是,意外发生了,一块石头绊倒了我,膝盖流出了血。我还是咬着牙,一瘸一拐地往前跑去。

在村口的机站边,我突然停住了。同学不解地望着我。我指着地上的砖和黄泥,兴奋地说:"我要修一幢房子。"当时我想,只要我有了自己的房子,我就可以永远不回家了。同学吸了吸鼻涕问:"怎么修?"我说:"世界上最简单的事情就是修房子了,只要有砖和泥就可以修,再说我们两个都是小孩,又不需要修得太大。"那一刻,我觉得自己无所不能,修房子不过是小菜一碟。同学问:"可我们今天晚上吃什么?"我有些不耐烦地说:"吃吃吃,真没出息,一天到晚只知道吃!我给你修个灶台不就行了?"同学又问:"可我们没有米啊?"我想了好一会儿,说:"不怕,我们可以去做乞丐。"同学又说:"可是,我们没有床啊?"我指着不远处的稻草说,"铺上厚厚的稻草,又软又暖和,下雪都不怕。"

在我的动员下,同学动心了,我们从河边捡了河蚌壳,开始舀水和泥。光线越来越暗,家家户户都开始吃晚餐了,食物的香味让我的肚子像鸽了一样咕咕叫个不停,但我仍然在忙碌着,想加快进度,在天黑之前修完房子。这时,同学停下来,可怜巴巴地望着说:"我饿了。"我有些生气地说:"成事不足,败事有余。如果我有枪,我就一枪毙了你。"同学看到我生气了,小声嘀咕道:"可是,我真的饿了。"我只好哄他:"等我们修好了房子,我们一起去讨饭。"同学听了,接着干起了活。蚊子越来越多,像一张网一样将我们团团围住。就在这时,我听到有人叫我。我一抬头,看到了我的哥哥。我拔腿就跑,可最后还是被他抓住了……

真正意义上的出走,是在一个冬日的晚上。那天晚上,有一个同学请我去他家做客,为了招待几个小屁孩,他母亲竟然做了满满一桌的菜。吃完饭,已经是晚上八点多了。我背着书包,忐忑不安地朝家里走去。月光下的平原一片肃静,像空荡荡的法庭。

走到村口的那片竹林边时,我看见家里的灯光,不知是因为灯泡上积了尘埃,还是窗玻璃不干净,总之灯光十分昏暗。我的心一下子提到了嗓子眼,脚步停了下来。这时,隔壁的阿姆到河里来提水,那两只白铁皮桶发出咣当咣当的清脆声音,我怕被她发现,赶紧像麻雀一样钻进竹林,屏住呼吸,不发出一丁点声音。

风过竹林,我的心像竹叶一样颤抖不已。不知过了多久,村庄里的灯被风一盏盏吹灭了,只有我们家那盏灯还亮着,像父亲的眼睛。我心里矛盾极了。回家吧,父亲正气上心头,我肯定要挨一顿揍。不回家吧,我又能到什么地方去呢?我的脚步在煤渣路上发出轻微的摩擦声,轻得可以听见我胆怯的心跳。

我在家门口徘徊,就是没有勇气推开门。突然,黑暗中传来一声响动,我连忙躲在一棵大树后面。一只猫发出悠长的叫声。原来,只是一只猫打翻了瓶子。我长长地松了口气。

有好几次,我想硬着头皮推开门,但双脚居然不听我的指挥,它们把我引进了旁边的菜园,又从那里绕到后门。我坐在门槛上,竖起耳朵偷听,听见父亲和母亲在说话。他说:"等那个小兔崽子回来,要把他打成煤球。"我一听,吓得头皮发麻,连出气的声音都没有了。

家里的灯终于熄灭了。我一动不动地坐在黑暗中,望着宽广、寒冷的大平原,觉得家里没有半点值得留恋的地方。

我来到街上。街上漆黑一片,连个鬼影都没有。我在街道上漫无目的地走着,这才发觉无家可归并不是一件很好玩的事。就在最无助的时候,我想起我的两个最好的朋友——白皮和小头鬼。白皮之所以叫这个名字,是因为他的皮肤长得比女孩子还白。小头鬼呢,头虽然小,但鬼点子特别多。

白皮的爸爸妈妈都不在家,只有一个睡得像死猪一样的哥哥。我打了一声暗号,就听到房间里有了动静。过了一会儿,吱扭一声,门打开了。白皮揉揉惺忪的睡眼,问我有什么事。我说我离家出走了。白皮好像很喜欢我的提议,我们一起去找小头鬼。

我们在他的窗户边轻轻地叫着,叫了十几遍,都没有人应。我垂头丧气地说:"孺子不可教也!"没有小头鬼,我和白皮两个不知道下一步该做些什么。如果就这么干坐着,明天早上肯定要变成棒冰了。真是天无绝人之路,就在这时,茅坑边走过来一个人,迈着两条罗圈腿,不是别人,正是小头鬼。我们跑上去,拉上他就走。

小头鬼果然神通广大,他带我们去了一间茅草屋,那是一个废弃的鱼簖。茅草屋三面是麦地,一面是小河。不远处,还有一个草垛。我们熟悉了地形以后,便住进了这间免费旅馆。小头鬼还在角落里找到一盏煤油灯,他从口袋里摸出火柴,将灯点上,屋子里便有了微小如豆的淡蓝色光芒。

　　我们发现,屋里除了几块青石,一只咸鱼般的破鞋,就别无他物了。我说:"要是有一张床多好!"小头鬼打了个响指,说:"我有办法。"在他的带领下,我们来到草垛旁,每人偷了一捆稻草,铺好了床。

　　气温越来越低,我们根本睡不着,只好仰着头,看着破屋顶上漏下的星光,想着家里温暖、柔软的棉被。小头鬼问我:"你为什么要离家出走?"我说:"我爸爸说要把我做成煤球。"他们都笑了。白皮说:"我倒想看看你做成煤球是什么样子。"

　　茅草屋四处漏风,风像拔毛一样,拔走了我们身上的热气。小头鬼提议在旁边的渠道里烤火,我们便去捡树枝。前几天下过雨,树枝有些湿,烟熏得我们睁不开眼睛。火苗吃力地啃着木头,它用尽全力,眼看就要熄灭了,可是过了一会儿,它突然蹿起来,像是举起了胜利的旗子。火光映红了我们的脸。白皮说:"要是现在有只烤鸡就好了。"我笑着说:"别说烤鸡,就连烤猪都会有。"白皮说:"哪里有?"小头鬼说:"等你睡着了就有!"

在寒冷的冬夜里,没有比火更好的朋友了,它驱赶了寒冷,还有恐惧。它把我们烤得懒洋洋的,软绵绵的,像一个快要熟透的土豆。我们有些昏昏欲睡,白皮居然打起了呼噜。

一堆树枝很快烧完了,眼看着火苗奄奄一息,我起身去找树枝。周围的树枝都被我们捡完了,我只好往远处的小树林走去。没走多远,意外发生了,田埂太细,我又太困,一不小心滑进了泥坑。我拎着装满糊泥的鞋子,狼狈不堪地朝河边飞奔而去,刺骨的河水,让我的脚瞬间失去了知觉。

我回到火堆前,牙齿不由自主地打着战。好在小头鬼和白皮捡来了新的树枝。新的树枝扔进去,我们立刻被火热情地拥抱,几乎能听到它们的欢呼声。我找了两根三叉的树枝,一根烤鞋子,一根烤袜子,一双冻红的脚则在火堆上方来回晃动,白皮说:"过一会儿,我们就可以吃烤猪脚了。"我狠狠地白了他一眼。

这是我生命中最漫长的一个夜晚,小头鬼和白皮过了一会儿就要起身去找树枝,我像个残疾人一样守着火堆。一个人的时候,脑子里就开始胡思乱想。我开始恐惧起来,担心他们一去不返。远处的房子,在寒风中缩成一团,瑟瑟发抖,我不住地朝四下张望,害怕父亲突然冒出来。

他们没有捡到树枝,折来了很多芦苇,芦苇烧得很旺,发出噼噼啪啪的轻快响声。突然,我闻到一股煳焦味,原来,我那可怜的尼龙袜已经被烧了一个大洞,我索性扔进了火堆。芦苇很快被烧完了,只留下一节节灰白的骨头,风一吹,火星旋转升起来,像受了惊吓的孩子,直往我怀里钻。火星在灰烬中眨了眨眼睛。小头鬼的最后一根火柴也用完了。

开始下霜了,麦地里雪白一片,我的头发上好像也结了霜。小头鬼说:"明天,你怎么办?"白皮附和道:"对啊,你明天难道不上学吗?"我没有回答。我知道,明天早上,如果回学校,父亲一定会将我逮住。想到这里,我希望夜色永远持续,希望明天永远不要到来。

平原又恢复了寂静与寒冷,火虽然已经熄灭,但余温还在,我的脚还有些微的暖意。我们又困又乏,背靠着背,竖起衣领,藏起脑袋。风变大了,刺骨的寒风,像塞子一样塞住了鼻子,连呼吸都变得十分困难。灰烬终于冷却,我的脚趾缝里好像结了冰。我站起身来,穿上湿答答的鞋子,冒着被做成"煤球"的危险,回家去了……

我渐渐地长大,可对于远方,仍然充满向往。一有时间,我就会拿出地图,享受虚拟的旅行。记得在一九九七年的夏天,躁动不安的夏天,我刚刚毕业,没有找到工作,整天待在家里,无所事事。晚上,父亲像平时一样出去串门了,我在家里读赫尔曼·黑塞的散文,我似乎又听到了那个魔咒:世界如此遥远,世界如此遥远……离家出走的念头,像心中熟悉的旋律,又一次响起,我决定离开这个家,永不回来。我从抽屉里拿了几百块钱,开始给父亲写信,准备连夜离开,骑着自行车浪迹天涯。这时,我听到父亲的脚步声,也就是在那一瞬间,我突然改变了主意。

第二年,我终于踏上了远行的火车。那天正好是圣诞节,铁路两侧是铅笔一般笔直的风景树,早晨充盈着白雾。列车哐当作响,像一个吃饱的人,不停地在打嗝。灯火刚刚醒来,趴在桌子上睡觉的人,腿部发麻,不停地跺脚。窗外,天还是冰镇般蓝,风吹白雾,仿佛有人在搅动着锅里的白粥。广播里说,前方即将到达贵阳……

1985—1990：小学时光

去小学的路

我家在镇子的最西面,去堰头中心小学必须穿过一条狭窄的旧街道,我总是喜欢把街道比作旧袜子,在气味上,它们确实有相通之处。那时的街道上铺着青石板,据说有一百多年历史了,由于时间久远,石板被磨去了棱角,像婴儿胖乎乎的脸蛋一样光滑、可爱。街道旁边,有许多房子是空着的,白天弥漫着暧昧的光线,夜晚则散发出恐怖的气息。有一天,街道拐角处的那间屋子里,发生了一起杀人案件,杀人犯就是喜欢把手塞在袖筒里的卖水果女人,从那以后,我突然发现,其实每一个人的内心都是一间空房子。

旧街道的尽头是堰头大桥,过了大桥,一直往南走,会经过一个鞋匠铺。鞋匠和我是忘年交,他下半身残废,走路的时候用两张小木凳交换着走,木凳就是他的腿。他原先是住在桥洞里的,一天晚上,大水把桥洞淹掉了,他的床也漂了起来,他就坐在漂起来的床上喊救命,暴雨淹没了他的声音,直到第二天早上,有船经过时,才把他救起。

鞋匠铺的斜对面是供销社,那是一幢三层的建筑,贴着咖啡色的马赛克瓷砖,是当时镇上最洋气的建筑。每次上学的时候,我都要到里面去转一下。我总是趴在玻璃柜台上,看了又看,虽然什么也不买,但心里是充实的、快乐的。我印象最深的是卖布的柜台,角落里有一个收银台,收银台很高,里面坐着一个烫头发的女人,这个女人很漂亮,也很高傲,在我的印象中,她的眼睛随时都是看着天上的,从来没有正眼看过别人,柜台上方有几条铁丝,挂着几个黑铁夹子,销货单和钞票就夹在中间,在铁丝上传递。平时,收银员一直在专心致志地打毛衣,黑铁夹子飞速滑过来后,她就不紧不慢地放下手中的毛衣,伸出涂了红指甲油的手去取钱,找了零钱,在单子上轻轻盖个章,又将黑铁夹子甩出去,营业员取下黑铁夹子,用报纸将布包好,递了出来。买东西的人取了布也还不走,靠在柜台上和营业员聊着天。

出了供销社,有几张康乐球台,一些留着叔叔阿姨头、穿细脚喇叭裤的小青年,叼着烟在打康乐球,他们不时地用滑石粉去擦一下枪杆,有漂亮的女孩经过时,他们就会停下来吹口哨。我记得他们中间有一个人脸上到处都是刀疤,这是镇子里的大地痞,据说他的眼睛会发出刀片一样的蓝色寒光。

再往前走,是卫生院,里面种了很多花,我们经常去偷。天一黑下来后,我们就不敢去乡卫生院了,拱形的走廊里点着水银灯,每一扇门后面似乎都有人走动的声音。在卫生院里,我目睹过一个人的死亡。那是一个夏日的午后,有一个比我们高一级的同学,因为期末考试考得太差,怕大人骂,回家就喝了农药。他被送到卫生院灌了很多肥皂水,最后还是没有抢救过来。他的父亲是一个煤矿工人,他蹲在地上,用黑乎乎的手遮住脸哭泣,开始是小声,后来越哭越大声,那绝望的哭泣,在卫生院空荡荡的走廊里回荡,让我至今难忘。走出卫生院的那一刻,我好像从另外一个世界归来,心中有一种从未有过的感觉,不是恐惧,而是忧伤,是虚无,死竟然如此轻盈,一个人消失了,就像肥皂泡一样无声破灭。

卫生院外,有一片树荫,树荫使道路变得幽暗、狭窄,路两边就是碧绿的农田了,夏天的时候,路边的水塘里长着茭白,冬天的时候,茭白枯黄了,我们就用火柴将它点燃。这条路大概有五百米长,在路转弯的时候,房子变得密集起来,树木也密集起来。一条落满树叶的小路,通往村子中心,夏天的时候,会从村子里散发出阴森的气息,站上一会儿,就会感觉到透心的凉。

第一间房子后门口打开一扇窗,上面用红漆歪歪扭扭地写了"副食店"三个字。柜台是一张落红漆的办公桌,经常会有一个胖乎乎的小孩,在上面爬来爬去。店里面卖些副食品,夏天的时候,我们偶尔会溜出学校,在那里喝冰冻的橘子汽水。那个时候,我最大的理想,就是长大以后开这样一家副食店。

过了这几间房子,就是堰头中心小学的矮围墙了,上面插着钉子或者碎玻璃,围墙底下是灰扑扑的青草,青草上面落着一些纸,上面有铅笔的痕迹。有的折成四角板,有的折成牛角,有的折成飞机,有的折成猪头(翻猪头的游戏,总让我们乐此不疲。"猪头"有四个面,分为东南西北四个方向,在每一个侧面都写着字,比如"美女""白痴""乌龟"之类,被问者先说方位,然后说翻几拍,比如东三拍,或者西二拍加东一拍之类,该侧面显示出来的字,就是被问者,一般来说,我们在"猪头"上写的,都不是好东西,所以,只要有人要翻,就上当了)。往前走不到一百米,就到了校门口。那个校门没有什么特别,就是在白色的柱子写了"堰头中心小学"这几个字。中午的时候,校门口总是有一挑着担子的货郎,他们的货担上方用铁丝围起,里面放着各种各样的小玩意,有五颜六色的弹子糖,有花花绿绿的明星贴纸,还有水枪、风车等。女生最喜欢的是贴纸,翻开她们的文具盒,里面总是有一些明星的贴纸,还会有香喷喷的书签。

小时候的我们,总是不太安分。比如,初夏的时候,我们会拐到田间。田埂两边种的蚕豆开始饱满起来,我们伸手就可以采几个放在口袋里,对于这事,我们有一个形象的说法,叫"阉小猪"。比如,在旧街上走的时候,有时候会绕到河滩边,捡一些铁皮去卖,有时候会从大桥上,抱着电线杆往下滑。有时候,我们还会在镇子最东面的汽车站绕一个大圈,在汽车站的围墙上写下:"某某是王八蛋"之类的话。

端午

　　孩子最盼望过节,而在所有的节日中,我们最盼望的除了过年,就是端午了,因为这两个节日,都有很多好吃的东西。端午的前几天,我们就开始准备工具了,我们要准备的工具有两个:一个是头绳织的小网袋,可以放三到四个咸蛋。另一个是划钩,一般是取一寸长的铁丝,将其一头敲扁,敲成鸭嘴的形状,这个工具是用来挖蛋的。我们在吃蛋的时候,只敲半个指甲盖大小的口子,然后用划钩来掏,这感觉有点像掏耳屎。端午节前天晚上,家家都在包粽子,没有包完的粽叶,就挂在门楣下,一天天风干,雨打在上面,发出沙沙沙的声音。端午那天早上,家里会煮一大盆粽子,一大盆咸蛋。去上学的时候,我们就将它们装在小网袋里。吃完的蛋,我们不会轻易扔掉,而是装满了泥,用一张白纸将破口粘起,藏在路边的草丛里,然后躲在旁边看着,只要有人去捡,我们就特别有成就感,笑得前仰后合。

一块银圆

　　每年开学的时候,学校里就成了牧场,有土的地方,都长满了草,草长疯了,有的草长到了一人多高,经常会有野兔在里面做窝。学校不像人的学校,而像是草的学校。所以,开学的第一件事,就是大扫除。

学校给每个班级划了一个片区。男孩子负责割草,女孩子负责打扫教室。我记得有一年,特别炎热,太阳好像要把人晒成肉干。我们蹲在操场上锄草,衣服早已被浸湿了,手上磨出了水泡。

我们班分到的地形特别复杂,中间有两个水泥的乒乓球台,球台已经全部坍掉了,学校准备重新砌一个,所以除了锄草以外,我们还要把石头整理出来。傍晚时分,其他班的人都已经收工了,我们的活儿还没有做完。校园门口响起卖棒冰的吆喝声时,我们都回过头去。但我们的口袋里连一分钱都没有。

除完草,我们开始搬石头,突然有一个同学叫了起来,"快来看啊!"所有的同学都围了过来,原来,他的镰刀在刨地的时候,发现地下有个硬物,拨开周围的泥土,原来是只瓮头。瓮头总是和宝藏联系在一起的,我们都兴奋不已。

打开瓮头的盖子,我们闻到从里面飘出了奇怪的恶臭,大家都望而却步了。班上最调皮的那个同学卷起衬衫的袖子,伸手进去摸,出来时,他的手已经成了黑色,像淤泥里的泥鳅。他手里攥着一个东西,原来是一块银圆,吹一下,在耳边发出了清脆的余音。其他的同学都不干活了,开始抢他手里的银圆。他没有办法,最后索性把银圆扔到了厕所里。

晚上回家,我跟父亲说起这事的时候,父亲说,小学以前是个庙,那个瓮头里放的可能是一个和尚的骨灰。听到这里,小学在我心中显得格外神秘起来。每一次晚回家,看着夕阳照着空空的校园,我都有一丝恐惧,我走路时不敢放重脚步,害怕惊醒泥土下面那些沉睡的人。

第一次听说火车

我读三年级的时候,哥哥读六年级。我记得那时候,家里并不宽裕,只有一把桐油伞,伞的柄是竹子做的,上面涂着红色的漆,又大又土。雨从早上就开始下了,下得并不大,出门的时候,父亲叫我带伞,我装作没有听见,我怕我打着那把破伞,会被同学们笑话。整整一个上午,雨都没有停。这是初春的早晨,气温陡降,像是冬天一样。我的手脚冻麻了,上课的时候,我不停地跺着脚。第四节课的铃声终于响起了,同学们都离开了教室,雨下得很大,好像故意跟我作对似的。远路的同学,从家里带了饭菜,他们将热好的饭菜拿出来准备吃,这时候教室里弥漫着炒腌肉的气味和米饭的香味,让我感觉到了饥饿。我在椅子上坐了一会儿,内心在斗争着,到底回不回去呢?我终于冲出教室,淋着雨来到了校门口,风从单衣裤里钻进来,让我打起了颤。我看见门卫室的门,露出了一条缝,里面有几个老师正在喝酒。桌子上的饭菜热气腾腾,让我忍不住直咽口水。雨越下越大,我只好沮丧地跑回教室。远路的同学已经吃完了饭,他们坐在角落里聊天,不知道为什么,我什么话也不想跟别人说,回到了自己的位置上,用手压着自己的肚子,趴在桌子上睡了起来。不知道过了多久,我听到教室门口有人叫我的名字,我抬起头,看到我的哥哥。他穿着浅黄色滑雪衫,手里提着一包东西,我接了过来,打开是一只杯子,杯子里面是我的午餐。我正准备吃饭的时候,哥哥又从口袋里摸出三根有螺旋形花纹的糖,他告诉我,这是舅舅在火车上买的。这是我第一次听说火车。那个下午上课的内容,我一点也记不得了,我想象自己坐上了火车,想象着那些从未到过的地方……

大雪

不知道为什么,想起小学的校园,我首先想到是一场大雪。雪是突然到来的,那个天色阴沉的下午,我们的班级在学校最东头的一个角落里。课间,我们像往常一样挤在走廊里"轧牛筋",墙壁上的石灰落下了一大片,落在了我们的头上。

天更加阴沉了,像是谁在上面蒙了一块黑布,风也息了,像是在等待谁一样,开始是雪粒,在瓦片上发出清脆的声音,我们把手伸了出去,一会儿,手上就有了一把圆溜溜的雪粒。过了一会儿,雪纷纷扬扬地落下来。我们在操场上狂奔,让雪落在我们的头发上,嘴巴里。我们像小狗一样兴奋,我们是多么希望上课的铃声不要响起,可是,铃声还是照常响起了。

我们进了教室,教室里一片黑暗,那个时候,教室里没有灯,透过木条窗,我看着外面的天空。上课的时候,讲了什么,我都记不清楚了,我只记得,我一直盼望着下课。

回家的路上,我们打着雪仗。但那天晚上发生的一件事情,让我更加惊奇。我们的教室旁边是个厕所,厕所很破旧,不知道是哪一年建的。第二天早上,我听高年级的同学说,那天下午放学以后,大家基本上都回家了,有一个三年级的女生掉进了厕所里,淹死了。这件事,我并不知道它的真假,但是过了没多久,那个厕所就填平了。

集邮记

南方,有着棉花糖一样柔软的方言。
陈年的酒酿,散发出霉迹的气味。
一片树叶落下来,
南方的夜晚从水底缓缓上升。
黄昏只不过是一只被吃剩的橘子。

——《吃剩的橘子》

1

小镇的夏天年年如此,白花花的阳光,将墙根的苔藓都晒干了,树叶上布满厚厚的尘土,有的像做错事的孩子,在低头认罪,有的因为胆小,卷起了手指……在阳光下待久了,头会有点犯晕,常常出现幻觉:有时候,我觉得那座水泥的堰头大桥会像棒冰一样融化。有时候,我觉得每一个行人的屁股上都在冒烟。有时候,我觉得,堆积在一起的花皮西瓜,像一个又一个新鲜的头颅……街道上充斥着腐烂的西瓜皮的味道。有一个乞丐在啃西瓜皮,没有人知道他是谁,他是从哪里来的。偶尔,会有拖拉机经过,带来尘土和黑烟,片刻之后,又恢复了死一般的寂静。小镇的寂静,是一种荒凉。在我看来,除了乞丐,没有人会光顾这个偏远的小镇。

过了堰头大桥,房子变得稀松起来。房子刷得白白的,看起来像穿白衬衫的乡镇干部。街道最东面的坡地上,有一间孤零零的白色平房,被山间带着植物气息的热风吹胀,像一只白色的气球,那是汽车站。它的内部,水泥的长条座位被磨损得光滑、冰凉,有一个等车的人在沉睡,脚上沾着草屑和泥土。甜蜜、悠长的睡眠让他错过了班车。车站东面,是漫无边际的庄稼。再过去,就是屏风一般的青色山峦了。

漫长的暑假还在继续,我是小镇上的流浪汉。有一次,我赤着脚漫无目的走着,脚步习惯性地带我回了小学。

看门的老师不在,他应该是回女儿家去了。我们都叫他"矮生果",因为他个子比我们高不了多少,头又出奇地大,看上去就像一枚两节的生果。他总戴着一副黑框眼镜,镜片很厚,好像啤酒瓶的瓶底。他教我们体育,他给我们做倒立示范时,调皮的同学总会偷偷地藏起他的眼镜。他依然笑呵呵的,我们从来没有见过他生气。

学校里没有一个人。操场上杂草疯长,没过了我的脑袋,前行时,我听到了前面的响动。我一惊,以为是蛇,却看到一只肥硕的灰色野兔,带着三只小兔子。它们听到响动,耷拉的耳朵一下子就竖了起来,脑袋成了一把胖乎乎的剪刀,然后拼了命地奔跑,大牙在阳光下闪闪发光。

我顺手捡了根棍子,哼着歌,穿过草丛,来到我们的教室门口。门是开着的,黑板上的字还没有擦去,地上还有一些粉笔头,我捡起来,像语文老师那样咳嗽了一下,踮着脚,想在黑板上写点什么,但我却不知道写些什么,只好随便画了几个圈圈。

桌椅上已经蒙尘,我来到靠北墙第三排的那个位置,吹了吹上面的灰尘,坐下来。那是班上最漂亮的那个女孩的位置,我似乎闻到一股清甜的芳香。我知道,我们班上的每个男生都偷偷喜欢着她,其中,有一个同学的表白特别有意思。他对我们说:"我可以为她做任何事。"我们班上那个个子最高,也最爱捣蛋的同学便说:"让你喝她的尿,你喝吗?"他的脸憋得通红,咬了咬牙说:"当然。"我们便大笑着散开了。

在她抽屉的角落里,我找到一本牛皮纸封面的练习本,一支红蓝条子的铅笔,一个蘑菇形的卷刀,还有一张邮票。这是当时最普通的一种邮票,面值8分,上面的图案是蓝灰色的长城。我紧紧攥着这张邮票走出了教室。

那个时候,我没想到,我的集邮史会这样开始了。

2

下午街道空旷,几乎没有行人。阳光依然在燃烧,有一个老头背着长篮子从小酒馆里出来,他酒气缠身,额头上贴着一块橡皮膏,那是上次喝醉后留下的纪念。他走路的时候,眼睛一会儿闭着,一会儿睁开,走了一会儿,腿开始发软,像两根橡皮筋。他再也走不动了,索性在阴凉的台阶上坐下来,将头塞在篮子里,然后,两脚一伸,睡起觉来。大人们总是在午睡,在后来的诗歌中我写道:"行者在青草之上/死者在青草之下/睡眠是一扇门。"

孩子们总是不安分的。那天,我穿着白色的衬衣和军绿色的短裤。短裤是母亲改的,它原先是一条长裤,那是哥哥穿不了,才给我穿的,看上去有些滑稽。孩子们都在河里游泳,我这样说,并不是说我不是孩子,只是,我不会游泳。

我坐在河埠上,两只脚伸在水里,不停地击打着水花。发烫的水面,晃得我眼花。我本来是可以和他们一样学会游泳的,但是在我成长的过程中,出现过意外。那也是一个夏天,我去河边洗西瓜,那一年发大水,水已经快淹到岸上了,我去洗西瓜的时候,脚底一滑,西瓜从我手里跑掉了,为了拯救那只西瓜,我差点没能再从水里站起来,幸好,哥哥及时发现了我。从那以后,大人们就不准我到河边去玩水了。

在后来的梦境中,经常会出现一个场景。我梦见自己抱着一本米黄色的集邮册,里面塞满了花花绿绿的邮票,脸上洋溢着财主一般幸福的表情。当然,集邮册不是我的,是谈二头的。我只是替他保管而已。在梦里,时间过得很快,下午转瞬即逝,一眨眼,就到了晚上,河边的石头上,一条遗落的小鱼被晒成了鱼干。大人们都到河边来挑水,准备烧水洗澡,我也该回家了,可是,我发现谈二头一直没有上来。河面上格外平静。我也不顾他的死活,拿着集邮册回家了。回到家,打开集邮册,里面居然是空的,一张邮票也没有了。

如果说,教室里的那张邮票激起了我的兴趣,那么谈二头则起了更重要的作用。在我们镇上,只要说到谈二头,大家都会竖起大拇指,称赞个不停。他的父亲是个海员,经常出国。有一个老人说,她晚上看见谈二头在街上走的时候,额角上方飘着一盏油灯,他长大之后一定是国家栋梁。对此,我们都深信不疑。

谈二头家住在北街头的公房里,房子虽然漆黑、狭窄,但收拾得干干净净,空气里有一股淡淡的清香。他们家有镇上第一台彩电,那是从日本进口的,每天晚上,邻居们就挤到他家看电视。他家的厨房里散发着死煤球的香味,每一次去他们家,我都要深深地吸上几口,我觉得那种气味是我们家闻不到的,属于有钱人家的。

3

我家最大件的家具是一口朱色的大橱,里面有两个抽屉,放着我们家所有的信件。我便把上面的邮票一张张剪下来,夹在我的书里。很快,我就不满足了,我在村子串来串去,每碰到一个人,我都像收保护费一样问:"有邮票吗?"东村的张阿姆总是不厌其烦。她把我领到卧室里,从一只落了漆的木匣子里翻出一沓信件,我的指头会因为激动而显得慌乱。看着我的邮票一天天多起来,我心里别提有多高兴了,晚上睡觉的时候,我将它枕在枕头底下,每天起床的时候,都要看上一眼,害怕它们会长了翅膀飞走。

我记得那时家里很穷,从小到大我都没有拿过零花钱,不过,我也有办法——在河滩捡东西,连一根铜丝、几块锈铁、一只啤酒瓶,都不会放过,我拿着它们到废品站去卖。我记得收获最多的一次,我捡了一只铝盆,卖了一块多钱,我去供销社买了一支心仪已久的自动铅笔、一包细铅芯。最糟糕的一次,我只捡到了几根焊条头子,仅卖了三分钱,我便在路边买了几颗花花绿绿的圆形糖。

喜欢上集邮之后,一有空,我就会去翻垃圾箱,我光临最多的是乡政府的垃圾堆,我至今仍然可以闻到那股腐烂的臭味,但不知道为什么,那个时候,我一点也没有介意,我用一根棒子在中间翻捡着,偶尔,我总会找到一两张从未见过的邮票。

不过,意外也总是会发生。我记得是一个中午,我去上学时,又跑到乡政府的垃圾堆里。天下小雨,雨使头发耷拉在脑袋上面,我看上去特别像《三毛流浪记》中的三毛。正在我专心搜索的时候,看到从乡政府家属区出来一个女同学,那是我们班上最漂亮的女孩。我想跑,但已经来不及了,只好像流浪狗一样在垃圾堆的角落里蜷缩起来,还好,她并没有看到我。从那以后,我再也不去垃圾堆翻邮票了。

4

随着邮票的数量越来越多,我也想和谈二头一样有一本自己的集邮册,在我看来,没有集邮册,就算不上是真正意义上的集邮。恰好,我的同学周瘪嘴有一本多余的集邮册,我便想了很多办法跟他套近乎,以每天一分钱的租金将它租下来,不过,他只肯答应租给我一个月时间。当我把邮票塞进去时,心里甭提有多高兴了,好像一群流浪汉终于有了自己的居所,虽然这个居所只是临时的。

让我始料不及的是,我还集邮册那天,它却莫名其妙地丢失了。我明明记得是放在书包里,可怎么找都找不到,这可把我急坏了,那种感觉就像世界末日就要到来了。他要到班主任那里去告我。我从后面死死地抱住他,答应赔他一个新的。

寒假开始了,发成绩单的那天,我没敢去学校,假装病了,让别人帮我带。很快,就要过年了,大年初三那天,他竟然来我家找我。他说,如果我再不还的话,就要告诉我父亲。要是这事让我父亲知道,非把我的屁股打成肉酱。我说尽了好话,他才答应放我一马。可是,我实在没有钱,即使有钱,在我们供销社也没有卖。

在最沮丧的时候,我想到了在无锡工作的堂姐。抱着一丝希望,我写信给她,要两本集邮册。这是我写的第一封信,我知道,信写好后要投到邮局门口的果绿色邮筒里。在很久很久以前,我曾学其他孩子,在一张纸上写着骂人的话,放到邮筒的里面,我以为,那样邮局的人,就会送到我讨厌的那个同学手里。后来,才知道,写信要有一个信封,写上地址,还要贴邮票。我在信上说:"这个事,千万别让我爸爸妈妈知道,另外,我要两本,为什么要两本,暂时先保密,以后我再告诉你。"现在想来,这封信,一定写得很有趣。不过,我没有其他办法。将这信投进去之后,我开始后悔了,心里十分矛盾,我希望堂姐收不到这封信,可是我没有想到的是,堂姐很快就给我回了信。就这样,我不仅还掉了周瘪嘴的集邮册,还有了一本新的集邮册。

5

多年以后,回想起来,去谈二头家的感觉几乎类似于朝圣,起初对于集邮,只是玩玩而已,但是不知不觉中情况发生了改变,我发现它已成了一件最重要的事情。

一天下午,我又来到了谈二头家。那会,他戴着一顶红色的旅行帽,正准备出门。他问我跟不跟他一起去捉螃蟹,我迟疑了一下。他说:"只要你去,我送一张邮票给你。"我想也没想就答应了。

我们又叫了几个人,选择了屋溪河的一条小支流,逆流而上。谈二头从一个同学家借了一条小船,我们一共有五个人,上了船。我们高兴地唱起了歌,但很快便发现,船漏水了,水在脚底汩汩地冒着泡。没办法,我们只好下了船,牵着船,沿着河滩往前走。

那里人迹罕至,树枝长得恣意而疯狂,藤蔓缠绕。树枝上还有蜂巢,马蜂在我们头顶盘旋,不停地发出警告。我们挽起裤脚,涉水前行。螃蟹居住在河边的洞穴里,每看到一个洞穴,我们都不会放过。螃蟹的洞穴,一般来说,有两个,一个是前洞,一个是后洞,后洞一般比较隐秘,藏在草丛里。所以,为了防止它逃跑,我们不仅要找到前洞,还要找到后洞。我们往里面灌混浊的泥浆水,又用树枝不停地捣。要不了多久,螃蟹投降了,先探出半个脑袋看了看,然后迅速地从洞穴里跑出来,我们用一只手将它按住,它会挥舞着大爪子作为反抗,一边反抗,一边吐出泡沫,像一个不断咒骂的泼妇。抓住一只螃蟹,我们便将它扔到船舱里。

时间到了傍晚,从乡政府下班的人,骑着自行车回家了,我们才上了岸,浑身都沾着泥浆。我们来到谈二头的那个同学家,开始洗螃蟹。将它们放到调好的面糊里,面盆里的螃蟹绝望地挣扎着,如同陷在沼泽里,如果低下头,还可以听到它们的咒骂声。铁锅里的油开始沸腾了,用勺子将面糊舀进去,不一会儿,空气里便散发出金黄的芳香。我们顾不上烫嘴,便吃了起来,味道鲜美,咬到螃蟹的脚时,发出清脆的声响。

吃完了螃蟹,大家抹了抹嘴,各自回家去了。我像谈二头的保镖一样,和他寸步不离。他说:"你老是跟着我干什么?"我说:"你不是说要给我邮票的吗?"谈二头说:"我让你吃了螃蟹,还要给你邮票吗?"我说:"你答应了的事,怎么反悔呢?"他说:"我现在改变主意了。"说完,就不理我了。

我们打了起来,我夹住他的头,但很快便被他反扑了,他一拳打在了我的鼻子上,鼻子一酸,血流了出来。我捂住鼻子,放声大哭起来。一见我哭,谈二头惊慌失措,只好乖乖地把邮票给了我。

6

六年级的时候,班上来了一个新同学,他父亲是服装厂的供销员,母亲是上海知青,所以他身上有一股上海人的气味。他穿的衣服跟我们都不一样,光鲜、干净,还散发出一种柔软的清香。他母亲是个美人坯子,有着白瓷一样的皮肤。关于她,小镇上有很多流言。据说她是个非常严厉的人,我的那个同学,如果不按时完成作业,她会用缝纫针扎他的手指。所以在很长一段时间里,我们都不敢去他们家。后来,她回上海去了一趟,我们才敢去他家。

从外表看,他们家的房子跟其他人家没有多少区别,是一间灰鸽子般的楼房,推开门,就会闻到一股芳香。井就在厨房里,用一只木盆盖着。楼梯上有红漆,上楼的时候,要换上绸面的拖鞋。楼上的卧室里铺着绿色的地毯,天花板上是碎花的布,床很软,趴在上面有说不出的舒坦。玩累了,他就拿出收藏的邮票给我看,让我没想到的是,他的邮票比谈二头还多。

那段时间,我的大姑妈去了一趟香港,回来的时候,给了我一把港币。我的那个同学很想拥有这些港币,我便说,要拿邮票来换才行。交易开始了,没过几天,我的港币就用完了,但是我仍然不满足。一天晚上,我趁姑妈不在的时候,翻开了她的钱包,抓了一把港币,继续和那个同学去交换。我的邮票积累得多起来了。但是,我却快乐不起来,有一种深深的负罪感。

在集邮的过程中,会有很多意外的收获。比如,有一天,我在家里翻书的时候,便从里面飞出一张日本的邮票。那本书是从我南京的姑妈家拿来的,到底是谁把邮票放进去的,已经不得而知了。那张邮票是1968年的,一个穿和服的日本女人打着伞,那女人的脸,像浸过水的豆瓣一般。在很长的一段时间里,它成了我的"镇本之宝"。我的同学曾经想拿二十张邮票来换,都被我拒绝了。还有一次,我们同村的一个大哥哥听说我在集邮,便把他集的邮票全部送给我。那些邮票,年代久远,主要是20世纪60年代和70年代的,最早的是1954年,面值3400元。拿着这些邮票,我高兴得好几天都没睡好。

7

街道上的房子,除了进一步的衰败以外,便没有其他变化,变化的是它的主人。我记得那几间房子最初是补鞋的地方,后来成了唐医生的诊所,后来,成了康乐球室,再后来,又成了录像厅。

那是一个北风呼啸的冬天,我从家里出来,跟一个朋友约好去看录像。不知道为什么,或许是为了炫耀吧,我带上了集邮册。也许是剧情太无聊,加之屋子里的温度很暖和,我竟然很快就睡着了。散场的时候,我没有回家,住在朋友家。躺在床上的时候,我才发现我的集邮册不见了。我从床上跳起来,跑去录像厅。录像厅里已经打扫干净了,我找了半天都没找到。那些邮票永远丢失了。从此以后,我再也没有集邮的那份兴致了。我知道自己丢失的,其实是一段时光。

此刻,时间过了二十几年了,我不知道我的那些邮票此刻躺在哪一个抽屉里,我无比地想念它们。只是,那个时候,我还不知道我们的人生就是不断得到和失去心爱东西的过程。

8

多年以后,我也离开了小镇,每一次回去,都会有一些人再也无法见到。每一次在路途中见到那些荒凉、简陋、破败的小镇时,我的心便格外柔软、疼痛,我都会想起我那个不起眼的,被人遗忘,让人心碎的灰暗小镇,想到那些如麻风病人的脸一般糜烂的墙壁,想到那些结着蜘蛛网的像瞎眼老人一般空洞的窗户,想到平原上的熏风,刮过小镇时,那些颤抖的瓦片……正如赫塔·米勒所说,"只有在这死亡遍布的地方,才会让我感觉到些许的温暖。"

南方葬礼

所有的人不过是一个人。

——题记

内部

后赵圩,是我的外婆家。它好像被人遗弃了一样,藏在最偏僻的角落里,只有从一个叫潘家坝的小镇上,有一条小路通向这里。小路像一条淡蓝色的蚯蚓,两边长满了高大的乔木,馄饨树、杨梅树、梧桐还有枫树。路边有一些无名的旧坟,我经过时,总是唱着歌,拼了命奔跑,如果我的手里握着铜十字架,我的脚步就会轻松许多。

只要一听到我的叫声,外婆就会从阴湿的房间里出来,拿出平时积存下来的寸金糖、桃酥或者柿饼。房间的幽暗,缘于屋宅的陈旧和零乱,明瓦上结满了蜘蛛网,横梁上刷着黑漆,门散发出石灰和桐油的气味。

相对来说,堂屋要宽敞一些,因为,堂屋没有阁楼,一抬头,就可以看到橡木和瓦片。厨房和堂屋隔一堵墙,墙不是砖砌的,是芦苇拌上了黄泥,然后再刷的石灰水。灶膛早已熏黑,如同一枚烤焦的红薯。竹椅也发出了时间深邃的光亮。一盒绿头火柴和几根麦穗躺在灶膛上方的门洞里,一盏蒙尘的美孚灯悬挂在堂前和厨房的交界处,风一吹就不停地摇晃。厨房里弥漫着稻草和水盐菜的气息,正月过后的一段时间里,还会有腌鱼和腌肉的气息。水瓮的上方,摆放着竹篮,竹篮里则喧哗着新鲜的蔬菜。水缸在竹橱的旁边,上方是菜刀和锅铲,它们每一次晃动,都会使厨房增加些微的光亮。

七月的下午,后门打开,穿堂风在屋子里回旋,外婆就在堂前支起竹床,让我陪她睡午觉。大多数时候,我总是睡不着,假装闭上眼睛,等她打起呼噜,就偷偷起身,去厨房偷吃猪油渣。

如果是落雨天,我就搬张小板凳,坐在土灰色的门槛上,看前面的烟囱有气无力地升起炊烟,听村子里的傻女人不停地唠叨,她最喜欢和树吵架,因为它从来不会还嘴。

外婆的房间十分狭小,一张红漆的木床占去了一大半。床年代久远,翻身时会发出此起彼伏的脆响。房间里还摆着光荣肥皂般粗糙的木橱和木桌。桌面上,一片零乱,放了一只天蓝色的座钟,一把大蒲扇,半瓶风油精,一把剃须刀,外公的照片,还有一只红漆的针线盒,盒子里是一摞发了霉的旧信。有时候,还会有一只橘子或几颗菱角。床前铺了一块没有上漆的木地板,每天早上,外婆就跪在上面做祷告。我总是偷偷睁开眼睛,看着窗户,看有没有天使从那里进进出出。

与外婆房间仅一墙之隔的是舅舅的房间,那时舅舅还活着,但我很少能见到他。有几次夜里,我起床喝水的时候,看见他坐在灶膛口抽烟。我叫了声舅舅,他没有理我。我从水缸里舀了一瓢水,咕噜咕噜地喝完了,他也不见了,他消失了,仿佛是黑暗的一部分。

每一个大风的夜里,都会有瓦片落在青石板上,发出巨大的声音,每当这个时候,我就担心房子会不会倒掉。时间又过去了很多年,我已经离开故乡,每一次闭上眼睛,我都能看到外婆在老宅里发出窸窸窣窣的声音。外公在堂前喝着烧酒,脸红得像一片枫叶。屋子里依然有粮食的芳香,竹橱还是能发出吱嘎的声响,只是光线比先前又暗了许多,舅舅已死去多年,他真正成了夜晚的一部分。扁担和木条凳上还刻着他的名字,轻易不再有人提起。

暗雨

十一朵向日葵,围绕着
另一朵向日葵。
葬礼就这样开始。
……
头颅与头颅偎依在一起,

构成天国拱形的门。

——《十二朵向日葵》

那个日子和以往的日子没有区别,村子里依然是安静的,像一只沉睡的猫。雨是从夜里开始下起的。天亮之后,雨一直没有停。屋子里光线灰暗,到处弥漫着死亡的气息,说话的声音很低,仿佛是怕某一个人听见。在屋子的某一个角落里,舅舅的呻吟声,比雨声更小。一扇门开着,另一扇紧闭。外婆坐在堂前的灰暗里,像木版画一样凝重。

明天就是五月,黄梅季节正打开她潮湿的木匣子。我坐在门槛上,表姐在舅舅的房间里,我不敢走进那个房间。过了一会儿,屋子里点起了檀香,我还是闻到潜伏在底部的死亡的气味。屋不停地有人来,也不停地有人离开。当时,雨下得很小,像一个死者在弥留之际发出的咽气声,断断续续地敲打着屋檐下的一只破瓮。有人刚从地里回来,带来半篮荸荠,有人腋下夹了几块白布。谈话的声音像微弱的火苗,仿佛一不小心就会熄灭。

五点不到,天就变黑了。雨打湿了堂前,可是没有人来关门……门是不能关的,因为有一个人即将出门远行。死亡的气味越来越重,聚集起来,像蝙蝠一样倒挂在屋子里。

我坐在门槛上,我已经很久没有动了。有人叫我的名字,我装作没有听见,我手里捏着一枚铜的十字架,我紧紧捏着,捏出了汗。我不敢去舅舅的房间,我不想看到铁青色的脸,我不想碰到他苍白的手指,我惧怕那个房间,就像惧怕一条冰凉的巨蟒。

雨像鼓点一样急促,像某一个人正发出最后的喊叫。接着,雨停了下来,片刻的静寂之后,我听见屋子里发出一声尖锐的哭泣,像一根银针扎在了我的心口,我知道,舅舅走了。

葬礼开始。外婆站了起来,又立即坐了下来,她的脸看上去更加灰暗。她动了动嘴唇,却什么也没有说。夜晚就像鸟嘴里的种子一样,落在村庄里。

屋子里所有的灯都点了起来,死亡的气味四处游走。屋子里一下子聚集了很多人,灯光照着他们的脸,他们从来没有像现在一样苍老,我担心他们当中的某一个也会突然倒下。他们偶尔谈话,声音还是很低。门口挂着的纸幌,确切地告诉我,葬礼已经开始了。

玫瑰色

我不知道是怎么睡着的,但是我知道我是怎么醒的,鼓手的声音惊醒了我,床很大,我很小,就像是不小心掉在上面的一颗纽扣。

从门缝里可以看见外面,天是黑咕隆咚的,雨没有再下,空气十分潮湿,可以拧出水来。我躺在被窝里,黏糊糊的被窝,好像一堆鼻涕。

空气中有石灰的味道、花露水味道、霉迹的味道,当然更多的还是死亡的味道。房间里面空空荡荡,我突然感到有一张冰凉的脸贴着我的后背,我钻进了被窝,可是它却没有离去,我看到它坐在牡丹花的图案中间,发出低低的笑声。我起床,逃离了房间。

堂前要明亮许多。舅舅的尸体躺在堂屋的东侧,枕着银色的枕头,尸体上覆盖着红白相间的水被。跟前点着长明灯,脚尖放着一碗饭,饭上放着一个鸭蛋,上面插一双筷子,不远处还放着两个草结。角落里,放着白布的牌位和香烛,香烛插在半碗米的上面。门案上斜贴着白纸条,风不停地吹着纸条。

女人们在低头扎着纸花和元宝,男人们还在抽烟,他们的眼睛里布满血丝,大家都在等待着天亮。时间像冰块一样,凝固不前。鸡叫了三遍以后,天开始一点点放亮,像一个人慢慢地、慢慢地睁开眼睛。

天还没有完全亮透的时候,六个主重吃过早点,各自拿了一把黑雨伞,去亲戚家发死信了。外婆跟他们说着话,她的声音还是很低。

不知什么时候,门前的场院上已经搭起了凉篷。从邻居家借来的四套桌椅,像卫士一样排列在两侧。桌子上放着花生、瓜子,还有提梁壶泡的温热的茶水。我和鼓手们坐在一起,等待着亲戚们的到来。

村庄里淡白的炊烟升起来了,传来碗碟和桌椅的声音,接着是开门的声音,有人拎着毛巾到埠头上洗脸。越过一片密集幽暗的树林,可以看到远处小岛上的桑园。有时候会吹起一阵风,吹动树叶上积留的雨水,让人打起寒噤。天终于亮起来了,表姐跪在草结上哭,她的哭声刺痛着我的心。我咬着嘴唇,眼泪还是流了下来。我索性用衣袖遮住眼睛。主重们陆续回来了,他们的黑雨伞倒挂在堂前,像一朵朵修长的菌子。

气味开始混沌起来。他们坐在凉篷下喝水。亲戚们也来了,有很多我从未见过。每一个亲戚一进村子,哀乐就会骤然响起,缓慢、悲伤,让人禁不住泪流满面。表姐跪在草结上,朝亲人们磕头,亲人们上前敬香。男人们都紧闭双唇,女人们则痛哭流涕,但我始终没有看见外婆哭。

仪式

火葬场在什么地方,我并不知道。火葬场是什么样子,我更加想象不出。我戴着白色的孝帽子,坐在角落里。

四月已逝,五月降临。天空明朗,恬淡的风在平原上缓缓吹拂。阳光像一支明亮的小号,它金黄的声音,在村子里弥漫开来。车开出村子的那一刻,我想到舅舅即将成为尘土,眼泪又流了下来。

车窗外是一大片一大片的油菜花,在阳光下吐露着芳香,一直蔓延到天边。最高处的是树木,比树木低的是房舍,比房舍低的是油菜花,比油菜花低的是我们,比我们低的是青草和蓝星星的小花……下面是逝者的身体。

过了一个多小时,车进入火葬场。这是一个陈旧的火葬场,矗立的烟囱像一个巨大的问号,所有的房子都没有涂石灰,呈现出旧年血迹般的暗红。房子围拢,中间有一块很大的空地。

下午的火葬场,有些冷清。有些门是敞开的,更多的门紧闭,如同死者的嘴唇。门是果绿色的,漆已经落得差不多了,显出暗淡的木纹,像死者的掌纹,我不敢靠近这一切。

半小时后,舅舅被装在一只陶瓷的盒子里,用红丝绸包着。队伍开始返回。"回家了,舅舅!"我心里默默地念着。

入土之前,队伍要围绕着邻近的村绕上一圈。我们的路线是潘家坝、小坝里、后谈、溪梢里、前赵圩,最后返回桑园。队伍行进在陈旧的乡间,每到一处,就有人用石灰画出阴阳线,或者用扫帚不停地扫。走在队伍最前面的是捧灵位的,接下来是捧骨灰盒的,接下来是抬被面的人,接下来是主重,他们负责放鞭炮,后面则按照辈分,从大到小地排列着,乐队走在最后面。

桑园在一座小岛上,按照舅舅的遗愿,他被葬在一棵栎树的下面,前面是河滩,河滩上长着洁白的木芙蓉花。坟坑已经由主重们挖好。第一步是放鞭炮,在火药的芳香里,两个表姐被抱到了坑里,按照乡间的风俗,她们要帮舅舅暖坑。因为新入土的逝者特别怕冷,女儿的体温可以帮他度过阴间的第一个夜晚。这是一个悲痛而温暖的时刻啊,我转过身去,又一次泪流满面。在后来的诗句中,我写道:"一月十九,姐姐出嫁/姐姐出嫁,我的舅舅/在青草底下,含着泪花。"暖完坑后,把骨灰盒放入,撒上一些硬币,开始培土。我们烧着纸钱,开始磕头,并且绕坟走上几圈。从我站的地方,可以看到外婆家的旧宅。我第一次发现,它已经向前倾斜,像短跑运动员奔跑前的姿势。我还看到外婆,不停地朝这里张望。

回去的时候,要走另外一条路,如果走来时的路,亡灵就找不到回家的路了。老人告诉我们,要一边走,一边捡着泥块,不停地扔。这样,亡灵就不会跟随了。

回到家,门口横躺着一架梯子,进门就要从梯子上过。进门之前,阿姆给我们吃方糕和糖茶。进了屋,脱下孝衣,挂在级级高上。地上放了一条蚊帐,表姐坐在地上,一边梳头,一边哭着回忆往事。

薄暮时分,客人们陆续散去,屋子里显得格外空旷、安静。天彻底黑了,屋子里却没有点灯。人家都静静地坐着,一句话也不说。我知道,葬礼结束了,而悲伤,才刚刚开始。

乡村的节奏

在乡村,一天之中,时间的节奏是不尽相同的,就像一块旧布,洗得久了,颜色已不再均匀。

上午,总是格外忙碌,事情一件接着一件,恨不得多长出几只手来。因为忙,时间溜得像泥鳅一样快,往往还没来得及喝上一口水,就到了做午饭的时间了。相比于早饭和晚饭,午饭是最为重要的,它像大家族中的大小姐,是需要细心侍候的,而早饭和晚饭呢,则像两个丫鬟,用剩饭和剩菜随便糊弄一下就可以。中午的饭菜最为讲究,以前,要是家里没菜,孩子就去摇饭碗,盛了一碗白饭出门去了,到这家夹一筷肉,到那家夹一筷鱼,没走几户人家,就将肚子撑得滚圆。

一到下午,村庄突然安静下来,时间也渐渐慢下来了,整个人是松弛的,和上午好像两个人。午睡、聊天、打牌,时间舒缓如同一缕缕轻柔的微风。到了傍晚,大家开始在菜园里忙碌,浇水、施肥、松土,锄头发出脆响,在风中渐渐消散。孩子们也不闲着,稍大一点的,要下地给猪割草,或者把羊从圈里牵出来吃草,小一点的,则在村子里乱跑,玩躲猫猫的游戏。等到干完地里的活,太阳也开始西沉了。

　　黄昏是缓慢的,它总是不肯轻易逝去,像年老的人沉迷于回忆,絮絮叨叨讲述往事。时间好像完全停止了,安静让灰暗有一种类似于教堂的静穆,树木仿佛在祈祷,一切仿佛都在等待,等待着夜的幕布突然拉开。夜的降临总是突然的,甚至还有些调皮。你看着它的时候,它总也不肯到来,可当你一转身,天倏地一下就暗了下来。天蓝黑蓝黑,像是新翻的泥土的颜色,古老的星辰,和往日一样闪烁。

　　白天的节奏,总是大同小异,夜晚的节奏则是因人而异的。对于幸福的人来说,他们可以忘记时间的存在,他们劳碌了一天,一上床,就呼呼大睡,等到睁开眼睛,天已经亮透了。而对于孤独者来说,睡眠痛苦至极,床几乎成了刑床。当夜色降落,孤独的老人们脸上总会掠过一丝不易觉察的惊慌。时间过得慢极了,它就像一把又锈又钝的刀子,每走一秒,都会在心口划出一条口子。孤独的老人们,睡了又醒,醒了又睡。整个晚上都在跟被子搏斗,直到筋疲力尽,才会眯上一会儿。

　　夜与昼的分界线在三点多钟,那是公鸡打鸣的时刻,这个时刻,意味黑夜已逝,白昼将至。当他们再次睁开眼睛,从窗户的缝隙里看到天空的鱼肚白,总有一种欣喜,无异于一次劫后余生。新的一天开始了,谢天谢地,他们还没有离去,还暂时停留在这个世界上。

最后的晚餐

晚餐每天都要吃,但能成为记忆的并不多,那一顿晚餐,我却无论如何都不会忘记。那是五月漫长的雨季,烦人的细雨从早上一直下到晚上,洋槐树的花瓣落了一地,像一封撕碎的信。傍晚时分,村子格外寂静,房子像一只只黑漆漆的罐子。我光着脚丫坐在门槛上,看着挂在门边上被雨水溅亮的竹篮,篮里的猪草挂着水珠,清鲜无比。一只瓢虫,在篮沿上缓慢地爬动着,周而复始。巨大的墨渍,正把天空的宣纸慢慢洇黑。母亲在服装厂加班,父亲出去吃饭了,哥哥去了外婆家,锅里煮了山芋干泡饭,这是我平时最喜欢吃的东西,但是这会儿我却不敢去厨房,不敢穿过堂前黏稠的黑暗。风吹动绿得发黄的木叶,让我闻到一股棺材的气味。小黄狗趴在我的怀里,肚皮像波浪一样起伏,连最细微的声音都会让它竖起耳朵。它似乎和我一样害怕。门口的小路泥泞、发黑,如同一条腐烂的带鱼,夹杂其间的石头,像灰白的眼珠发出伤感的微光。往日的这个时候,总是有人行色匆匆地赶往下一个村庄,可是今天却一个人也没有出现,这让我产生了一种幻觉,以为我被遗弃到了另一个世界,我总觉得屋子里到处充满了鬼魂,它们躲在床底下,躲在水缸里,躲在年画背后,躲在父亲的胶鞋里……我以前并不像现在这么胆小,但是下午发生的事情,却让我浮想联翩。

午饭过后,下了半个月的雨竟然停了,阳光重新挂上了树梢,明亮的阳光照得人昏昏欲睡,邻居老太太戴着老花镜,开始缝补渔网。在我家西边幽暗的野树林里,父亲和五牛、四喜正在忙着挖土,旁边的树枝上打着一把黑伞。平日里,我不敢去那里,因为青草间有一片坟墓,夏天的晚上还会飘出绿色的鬼火。好奇心促使我走上前去,只见草地里躺着腐烂的棺材板和生锈的铁钉,五牛拿出一块黄灿灿的骨头扔到旁边的罐子里。从谈话间我得知,这坟里埋着的是刘阿姆的男人,昨天晚上,她梦见自己的男人浑身湿淋淋地站在她床边,水滴滴答答地往下淌,他一脸疲倦,像是赶了一夜的路。接着,他开口说话了,他说:"给我拿条干毛巾。"刘阿姆吓醒了,一大早就找到我父亲,商量帮她迁坟的事。

夜色的降临是缓慢的,它先是将远山一口口地咬掉,接着是河对岸的房舍,接着是门口的小路,最后是我的脚趾。天黑之后,雨又下了起来,隔着雨声,我仿佛听到有人在哭泣,那声音若隐若现,好像是从野树林里传来,好像又不是,这时,我害怕极了,觉得刚才躲起来的鬼魂都跑出来了,觉得脖子痒酥酥的,仿佛身后站了一个鬼魂,它正准备从后面一把将我抱起。于是,我就坐在门槛上,等着父亲回来。天色越来越黑,我越来越恐惧,连回一下头都不敢了,与此同时,饥饿也在折磨着我,我觉得自己像一片薄薄的树叶,仿佛一不小心就会被风吹走。我终于鼓起勇气,一路飞奔找父亲,小黄狗紧紧地跟在我的身后,不时用湿乎乎的鼻子撞着我的小腿。

刘阿姆家在村子的最东面,那是我们村最后一间黄泥屋。油菜花开的时候,蜜蜂在土墙上钻洞,我们就用一只装药的小瓶子来捉蜜蜂,先在瓶里摘几朵菜花,然后用一根细竹枝去挑逗蜜蜂。等它钻进我们的小瓶子,我们就拔掉它屁股上的刺,品尝蜂蜜。经过雨水的浸泡,刘阿姆家的泥屋比平时胖了许多,它歪歪扭扭,我真担心打个喷嚏,它就会倒掉。门也从原先的长方形,变成了菱形,橘黄色的灯光从门缝里溜出来,在水洼里游动。我站在门口,但不敢敲门。我摸了摸小黄狗的头,示意让它替我叫门,小黄狗很听话,汪汪汪地叫了三下。门开了,刘阿姆见到是我,笑得很慈祥,她皱起的嘴角,隐约现出猫咪的胡须。我迫不及待地钻进屋子,仿佛溺水的人,被打捞上岸。大人们正在划拳,我看到父亲油花闪闪的嘴唇比灯泡更亮。刘阿姆问我有没有吃饭,我点了点头,这时,我见到父亲刀子般的目光,赶忙又摇了摇头,然后低着头,看着自己沾满泥巴的脚尖。看到我被雨淋湿的头发,刘阿姆赶忙拿了干毛巾给我擦,然后给我拿了碗筷。

灰白的八仙桌上,放了几只豁了口的粗瓷大碗,放在最中间的是红烧鸡,围绕着它的是红烧肉、红烧豆腐、韭菜炒鸡蛋、肉丝炒长豆和油炸花生五盘菜。这些可是我们过年才能享受的美味,看着他们,我就不敢说话了,怕一说话,口水就会像水枪一样喷射而出。刘阿姆给我夹了一大碗食物,食物的香味,让我忘记先前的恐惧。从屋顶上漏下的雨水,积聚在堂前,刘阿姆吃上几口饭,就要用水瓢往外舀水。就在这时,我在门背后看见了下午见到的那只罐头,上面盖了一块白布,恐惧的感觉让我战栗,我不敢再看它一眼。喝光了所有的酒,吃完了所有的菜,晚餐才完全结束,五牛和四喜都醉了,相互搀扶着消失在黑暗里,父亲把我背在身上,他头发里尽是酒味。临出门时,父亲问:"明天几点开工?"刘阿姆愣了一下,像是做出一个重大的决定说:"七点行不?"父亲点了点头。

　　那天晚上,我没有像平常那样起来撒尿,我睡得很沉,就像是存放在另一个世界的一件行李。第二天,醒来时,雨还在滴答滴答地下,像是在给大地吊盐水一般。我听到寂静的村子里,响起了鼓手的声音,便问母亲:"谁死了?"母亲长叹了口气说:"昨天晚上,刘阿姆的男人把她接走了。"那一刻,我无比惊讶,我没想到一个人的消失竟然是如此的快,那顿丰盛的晚餐,竟是她最后的晚餐。

小镇上的"圣诞老人"

很多时候,我都幻想小猪伢是我的父亲,这种想法,在每次被父亲打过之后尤其强烈。小猪伢是我们镇上的名人,他的真名叫什么,已经没有几个人记得了。一般来说,大家都把他当成好吃懒做的反面教材,如果小男孩不听话,大人就会说,如果你再不听话,我就把你送给小猪伢焐脚。如果是小女孩不听话,就会说,如果你再搅糊浆,就把你拿去给小猪伢当老婆。一听这话,小孩立刻就变乖了。但我是个例外,自由自在,无拘无束,这正是我最向往的生活。

记得那时候,小猪伢应该有四十来岁了,他的个子很矮,皮肤出奇地白,即使和乡政府里那些整天不晒太阳的女干部比起来,都毫不逊色。只是他的衣服从来就没有合身过,袖子老长老长,像是唱戏一样,但他的衣服都挺干净,据说,这些衣服都是人家送给他的,他从来就不洗衣服,只要脏了,他就毫不犹豫地将它扔了。小猪伢还有很多过人之处,据说,他吃过饭的碗,从来没洗过,每次吃完饭,就舔干净,然后倒扣在桌子上,以备下次再用。他洗脸也是很有技术,他起床后,就会到街上的老虎灶前,灶上总是烧着一大锅开水,他揭开锅盖,把脸蹭上去,让水蒸气将脸润湿,然后,用袖子一抹,就大功告成了。他的细皮嫩肉,或许跟洗脸的方式是有点关系的。一年四季,他都穿着一双拖鞋,晃着罗圈腿,背着手,在街上无所事事地晃悠,仿佛从来就不知道什么叫忧愁,整天笑眯眯的,脸上泛着一层柔和的微光。

小猪伢的住处很小,由空心砖和石棉瓦搭成,就在我们上学的路上。不知道从什么时候开始,我们变熟络了。每次遇到他,我都会跟他提要求。我记得最多的是跟他要钱,我会说:"小猪伢,给我五毛钱吧。"他总是一本正经地问:"要钱干什么?"而我则会随便编一个理由糊弄他,比如说明天去春游,比如说老师要让我们买练习本之类的。然后,他就认真地搜着自己的口袋,把口袋翻了个遍,然后很不好意思地说:"真对不住,今天忘了带钱,明天再给你,行吗?"我便说:"你说话要算话,不然就是小狗。"他一点也不生气,笑眯眯地说:"我是大人,说话当然算话啦。"可是,第二天,我就把这件事忘得一干二净了。有 段时间,镇上传言有外地来的人来剥人皮,说是在头上划一条口子,把水银倒进去,皮自然就脱落了。我和另一个同学一心想当英雄,各拿了一条拴狗的铁链子,在大街上晃悠,想把那个坏人找出来。见到小猪伢,我忙问:"你有没有见到那个剥人皮的人?"小猪伢说:"你们找他有什么事?"我像李小龙一样摸了摸鼻子说:"我要把他抓起来,送到派出所去领赏。"小猪伢笑了,说:"你放心,我一见到有可疑的人,就向你们报告。"我则像电影里的人那样,拍了拍他的肩膀说:"辛苦你了。"然后,继续漫无目的地寻找起来。记得还有一次,我被高年级的一个同学欺侮了。放学时见到他,就向他求助:"小猪伢,某某今天打了我一个耳光,下午你帮我揍他一顿。"小猪伢依然笑眯眯地:"没问题,包在我身上,他打你一个耳光,我帮你打他五个。"我说:"五个不够,起码打十个。"他说:"十个就十个,要不要吊起来打?"我咬牙切齿地说:"要!"听他这么一说,我心里的气也就消了一大半,虽然他或许根本就不认识打我的那个人。

听母亲说,小猪伢原本的家境是很不错的,只是在他父母离世后,家里就乱了套。小猪伢的父母死得早,临死之前,办的最后一件事就是给他娶亲,娶的是一个邻村的一个寡妇,皮肤黑黑的,个子高高的,身子壮壮的,干起活来很利索。女人能干了,自然就把男人养懒了。每天女人一大早就起床,弄好了早饭,去两里地以外的烟山上割茅柴,回到家的时候,小猪伢还没有起床。她去叫他,他就装病,今天说头晕,明天说肚子疼,反正,如果女人不煮好午饭,他是不愿意起床的。那时候,小猪伢的脾气很差,喜欢打女人,有一次,他躺在床上,听到女人跟隔壁的光棍有说有笑,气得不行。女人提着水进屋的时候,他抡起扁担就是一下,正好打在她的眼睛上,血一下子就涌了出来,他还不泄气,又抡起扁担,打得女人在地上乱滚,打完之后,他扔下扁担,上了床,继续睡觉。村里一些闲妇闻声赶来,女人爱面子,听到动静,赶紧从地上爬起来,洗了个脸,将头发散落下来,遮住眼睛,做起饭来。那些满心好奇的人,看到好戏已经散场,一个个失落地走开了。女人跟了小猪伢三年,这三年,他没有下过一次地,没有做过一次饭。

女人决定离开他是在那年冬天,那年冬天可真叫冷,屋檐下挂了长长的冰凌,池塘里结了一寸厚的冰,衣服只要晾上几分钟,就像铁皮一样硬了。那天夜里,风很大,像狮子在怒吼。女人听到有人在撬门,伴随着断断续续的说话声,接着听到了轻微的脚步声,她吓得竖起了汗毛,推了推小猪伢,压低了声音说:"好像有人在偷我们家的东西。"小猪伢一动也不动,咂了咂嘴说了一句:"神经病,这么冷的天,哪个小偷愿意出来偷东西。"说完,把头蒙在了被子里继续睡。女人想起床,但是她胆子小,连出气都不敢大声。十几分钟后,屋子里渐渐寂静了下来,女人披衣起床,才发现小偷已经将今年收的稻子全部搬走了。她惊叫着告诉小猪伢:"不好了,不好了,家里遭贼了!"小猪伢一动不动,她边摇着他说:"快起来,快起来,家里遭贼了!"谁知道小猪伢连打了三个呵欠说:"老子要睡觉,就是天要塌下来,也得明天再说!"女人觉得这日子没法过了,哭哭啼啼地收拾了衣服,就准备回娘家,小猪伢没有挽留她。女人出门时,他躺在床上说:"喂,把门关上。"这也是他对女人说的最后一句话。

女人走后,小猪伢还是有一丝后悔的,因为,从此之后,就没有人服侍他了。不过,他并没有去干活,而是把主意盯在了自己的房子上,他开始卖房子上的木梁。先是厨房上边的木梁,反正,女人走后,他也没有开过火,接着是堂屋的木梁,最后,只剩下卧室了,这个时候,他稍微犹豫了一下,因为,他怕下雨的时候,淋湿自己的床。最后,能变卖的东西都变卖了,他就厚着脸皮,到处去蹭饭,好心人觉得这样下去也不是办法,就给了他一笔钱,让他提一个篮子去卖些小食,比如瓜子、杏仁酥、麻饼之类的。冬天的时候,天气很冷,他把手塞在袖管里,懒得伸出来,别人取了东西后,还要把钱塞到他的口袋里。到了晚上,一算账,挣了一两块钱,就会去切点猪头肉,打点酒来喝。这样,没过多久,他的老本也吃光了,只能靠捡破烂为生了。

除夕夜,是小猪伢一年中最忙碌的日子了,他会拿着一只蛇皮袋在镇上挨家挨户地拜年,每到一家,都会说一些吉利的话,而主人家,也会给他一些团子、一些熟菜。每年,他都要装上一蛇皮袋子,他一个人吃不完,就分给那些行动不便的孤寡老人。有一年,我回家过年,听到有人敲门,开了门,见到了他,有些吃惊,他明显地老了,头发花白,一半脸被烧得黑乎乎的,另一半脸上布满了老年斑。母亲有些感伤地说:"有一回,镇上的一个老人家躺在床上抽烟,烟头点燃了棉絮,着了火,火势太大,老人的两个儿子在外面看着,不敢进去,小猪伢正好经过,想都没想就冲了进去,把老人背了出来,左边的脸被火舔了一下,就变成烧焦的山芋了。"母亲说话时,他有些不好意思,不停地在搓着手。临走时,我给了小猪伢半只风鸡,他不停地道谢,又说了一大堆好话。看着他背着鼓鼓的蛇皮袋子,在雪地上发出吱吱嘎嘎的声音,我突然想到了圣诞老人。一晃,又快过去十年了,不知道他还在不在人世?

被遗忘的北街

每个小镇都有一块神秘的部分，北街就是堰头小镇最神秘的部分。

不知道从哪一年开始，北街开始荒芜，原先的商铺都搬到河对岸去了，雕花的窗棂拆下来了，孤苦无援的房子像乞讨的瞎子，冰凉的台阶是他们伸出的无助的手，他们在阳光下坐着，日复一日，静寂无声，只是，有时候会有一只鸟从空洞的眼睛中飞出来……

北街的最后一家店铺是开水店。烧开水的是一个老光棍，他坐在老虎灶上，看上去像皇帝一样神气，仿佛连嘴角的黑痣也在闪闪发光。他手边的铝盒里，装满了叮当作响的镍币，最多的是两分的镍币，偶尔会有五分的，很多时候，我都想趁他不注意，抓一把就跑。他喜欢和寡妇们开玩笑，喜欢摸小孩的鸡鸡，还喜欢拿很臭的豆腐干下酒，夏天的傍晚，太阳还没落山，他就迫不及待地从河里提一桶水浇到开水店门口，青石板在吱吱声中慢慢冷却下来，他便搁一张靠背椅、一张方凳子喝起烧酒来。他很节约，一块小小的豆腐干，就可以下半斤烧酒。我记得他总是穿着一件蓝色的背心,背心上到处都是洞,仿佛是一张蜘蛛网。他是突然死掉的,前一天晚上,他还在喝酒,那天早上,打开水的人见他的门关着,便咒骂起来。他死后,盒子里的那些硬币,让我挂念了很久,每次经过时,都想从窗户里钻进去找,最后还是因为害怕而作罢。

一排一排的房子空了出来,很少有人居住,门锁生锈了,房子倒塌了,院子里野草疯长,一年胜过一年,终于可以没过人的头顶,孩子们不敢去那里玩,因为有一个孩子曾在那里被一条扁担长的蛇咬过。留在那里的,是一些孤独的老人,空气里弥漫着一种深邃的死亡气味,暮春的雨后,墙根还会长出红色的菌子。那时候,我还是一个孩子,对一切都充满好奇,我不知道阳光会不会透过细长的窗棂,涌进屋子,而在那些漫长的,近乎折磨的下午,老人们是怎么度过的。

我记得,那是一年中最冷的日子,冰凌从檐上倒挂下来,几乎要碰到地上了。我穿得严严实实,还是觉得冷,我的嘴像是打开的热水瓶一般,边走边冒着热气。经过北街时,我看到一间房子,没有门,里面铺着陈年的稻草,透着浓重的霉烂气息,光线昏暗,突然,我看到墙角有一团黑乎乎的东西动了一下——那是一个老太太,裹在一堆烂棉絮里,瑟瑟发抖。据说,老太太当过慰安妇,她结过两次婚,但她的男人知道她的过去,都嫌她不干净,离她而去了。有一年腊月,大雪漫过膝盖,小镇上来了一个小乞丐,衣衫单薄,快冻死了,她收养了他,省吃俭用,含辛茹苦,把他培养成了大学生,毕业后,他在上海工作,又在上海成了家,再也没有回来。每到过年,老太太天天都要去汽车站,她的眼睛都望瞎了,还是没有看到儿子回来。有一年,老太太家失火了,她连一床棉絮都没有了,好心人给她的儿子写了封信,很快,她儿子寄了五块钱回来,就再也没了音信。

还有一位老太太,她是北街最神秘的部分,不知道多少年没在白天见到她了,没有人知道她的名字,连她的姓氏也不知道。据说,她总是后半夜出来活动,这个时候,小镇早已进入了甜美的睡眠,月光清冷,如同箫声中吹出来的音符。她就这样走着,穿着年轻时的蓝色旗袍,有一段时间,上夜班的人,都说看到了一只蓝色的狐狸,当他们上前的时候,它已经消失不见了,那个人后来生了几天的病,直到最后,才知道那不是狐狸,而是那个老太太。她为什么总是以这样的方式出现呢?没有人知道。也许是在缅怀着什么。她的家是旧式的宅子,门口有两面石鼓,铁皮门上钉着钉子,房子的主人姓胡,是一名中医,这个女人是他的姨太太,她是从上海来的。不知道为什么,她一直没有生育,大太太的儿子早搬出去住了,每到月初,他总是会把食物搁在门口。关于她的传说很多,有一个听起来,非常恐怖,说她的房子里有一千只老鼠,她并不睡在床上,而是睡在老鼠的背上。有一年大年三十的晚上,下了几天的雪终于停了,家家户户灯火通明,每一句话里都有一种明亮的、喜庆的气息,而北街,黑暗、死寂,如同棺椁。我一个人走在北街,感觉到一种从未有过的恐惧。突然,我听到前面一阵响动,心脏迅速收缩成一团,接着,我听到关门的声音,原来,我已经来到了胡中医家的老宅前。我想,刚才的声响,肯定是那个老太太发出的。这会儿,宅子里一丁点声音都没有了,也许人老了,身体轻了,走路也没有声音了,像一片树叶落在地上。这样想着,便加快了步子,直到过了河,看到一片片弥漫着食物清香的灯光,我才松弛下来,一摸额头,竟然已沁出了冷汗。

那个恐怖的夜晚已经过去快二十年了,我也离家多年,真不知道现在的北街荒芜成什么样子了。

不速之客

这只白猫,是个不速之客。一天早上,父亲打开门,看到它躺在门槛上,像草结一样缩成一团。它轻轻叫唤了一声,眼神可怜极了,父亲动了恻隐之心,喂了它几条小鱼。从此以后,它便把这里当成了家,再后来,干脆在粮仓旁找了个角落,生下了四只小猫。

当了母亲之后,白猫立刻变成了一个"女强人"。除了捉老鼠,它还会找些零食来补充营养。它特别擅长偷袭,河边的鱼、天上的鸟、沟里的泥鳅,全成了它的食物。它尤其擅长捉鸟,开始的时候,是晒谷场上偷食谷子的鸟,后来是停在树枝上休息的鸟,它总是悄无声息地靠近,然后像闪电一样冲上去。有了这样的奶水滋养,小猫们个个胖乎乎的,圆得像个球。

村里的人爱开玩笑,白猫生下小猫后,邻居便跟父亲说:"恭喜你当外公了。"可父亲一点当外公的喜悦都没有,他很纠结。家里也曾经养过猫,后来,走的走,死的死,想起来都是一段伤心的往事。最后一次养的是只黄猫,很爱撒娇,喜欢在父亲的小腿上蹭来蹭去。后来,就失踪了,三天之后被发现死在了河滩边,尾巴被人打断了。它的尸体在阳光下,侧着头,眼睛睁得大大的,还是那么明亮,好像没有一丝痛苦。父亲以为它还活着,叫了一声,它没有应,叫了两声,还是没有应……父亲把它装进麻袋,挂到村西的小树林里。死去的猫,都挂在那里。从那天起,他就暗暗发誓不再养猫。

一天上午,趁着母猫出门觅食,他悄悄走进了粮仓。这四个小家伙刚吃完奶,睡得正香,它们咬着粉红的小舌头,一只枕在另一只的小肚子上。听到脚步声,它们很不情愿地睁开眼睛,只睁了一条缝,旋即合上,发出一声轻得不能再轻的叫声,那声音温柔极了,听得人心都要融化了。父亲轻轻地抚摸它们,又像抱外孙一样,将它们抱起来,放进纸箱。纸箱里垫了一件旧棉衣,它们在里面晃来晃去,像是坐上了轿子,很是享受。

母猫回家后,发现小猫不见了,立刻叫唤起来。起初是低声短促的叫唤,充满着母亲的温柔,它以为淘气的孩子们躲起来了。可是,声音在空荡荡的房间里消散,没有一点回应。它的叫声马上变了,拉得长长的,带着哭腔。它满屋子找,声音越来越嘶哑,越来越无助。

父亲在睡午觉,母猫便跑到父亲的房间,换了一种声调叫唤,好像在责问,又像在哭诉。父亲装作没有听见,它犹豫了一下,跳上床,在父亲的枕头边躺下来,温柔地叫唤着,好像在说:"请问,你有没有见过我的孩子?"任凭它怎么叫唤,父亲始终没有睁开眼睛。

见父亲无动于衷,母猫便冲出房子,满村地找,边找边叫唤,声音凄惨之至,让人不忍心听。它仔细搜索着每一个角落,每一间房子,每一个草垛……仍然一无所获。后来,它纵身一跃,跳到村口的草垛上,望着通往镇上的小路,一动不动,眼神呆滞,好像那几个调皮的小家伙偷偷跑到镇上买零食去了。

那天晚上,下起了雨。雨势很大,天空和大地好像连在了一起。父亲有些内疚,无法入睡。他放小猫的地方,是旷野里的一片草丛,离我家足足有一里地远,他不知道那四只小猫会不会找地方躲雨,他想起身去看一看,但终究还是没有下床。他安慰自己说,不管怎么说,反正家里不能再养猫了。

第二天,雨过天晴,父亲起床后,像往常一样推开粮仓的门,看到了那四只如毛线团般圆乎乎的小东西。母猫抬起头轻轻地喵了一声,眼神疲惫而又欣慰。昨天夜里,它竟然找到了它们,又把它们一个一个地叼回来了。

父亲心头一酸,退出房间。掩门的一瞬,他想起逝去多年的母亲。

外婆家

外公退休之后,经同事介绍去了一个叫溧阳的县城,他摇身一变,从退休教师,变成了农贸市场的收税员。外婆也跟着去了,起初只是帮外公做饭洗衣裳,后来,帮人带起了孩子,开始是一个,最后变成了三个。说来也怪,她带的小孩,特别乖,每次他们吵闹的时候,她就给他们唱歌,慢慢地,孩子就停止了吵闹,像被催眠一样,举着两个小小的拳头,睡着了。

村里人都很羡慕他们,因为他们天天待在城里,过着城里人的生活,呼吸着城里的空气,算是半个城里人了。当然,这只是表面风光,他们的日子过得紧紧巴巴。

城里和乡下有很大的不同,到处都要花钱。租房子要花钱,买菜要花钱,烧煤球要花钱,点灯要花钱,用水都要花钱,上个公厕也要花钱。要是一不小心,吃错了东西,拉了肚子,就得不停地往公厕跑,那钱就像水一样哗哗地流走了。

让外婆生气的是,外公开销很大,他从来不在家里吃早餐,一天要抽两包烟,喝两顿酒。喝酒就要下酒菜,前半个月,刚发工资,他会买一点卤菜下酒,半斤牛肉或者四分之一只咸水鸭,到了后半个月,钱包变得像鱼干一样瘪,只能买几块豆腐干下酒,实在没钱的时候,就只能用一块酱豆腐下酒了。

收入不多,开销又大,一个月到头,剩不了多少钱,有时候只能剩下一把可怜的硬币。幸好,米缸里还有小半缸米,吃饭是不成问题的。

他们之所以缺钱,最主要还是因为舅舅。舅舅很孝顺,经常去"看"他们,他很会挑时间,总是上半个月去。偶尔,会带些米或者鸡蛋,大部分的时候,他总是两手空空。和别的母亲不同,每次看到舅舅,外婆就显得格外慌张,心怦怦直跳,她知道,讨债的又来了。

村里的男人都好赌,舅舅更甚。对于他来说,赌钱是这个世界上最重要的事情了。

那时候,乡下兴起了修新屋的热潮,村里的大部分男人,都当起了泥瓦工。他们白天忙着帮人家盖房子,到了晚上,一个个累得像狗一样,可一说到赌钱,立马来了精神。舅舅一点也瞧不上他们,笑他们从鸡叫做到鬼叫。他有一种天然的优越感。这种优越感,并非空穴来风,而是因为他在外面有一些"关系"。他一天到晚都想着做成一单大生意,比如倒卖钢材、煤炭、汽油之类的,只要弄一张条子,赚到白市与黑市之间的差价,就能舒舒服服过上一辈子了。

因为有远大的理想,舅舅的日子过得很逍遥。对他来说，上午的时间总是过得很快，因为，他总要到吃午饭的时候，才很不情愿地起床，不是他不想再睡，而是因为肚子里敲起了锣打起了鼓。下午无所事事，时间格外漫长，他有时候会去镇上打几个电话联系一下业务，更多的时候，他嘴里叼着一根稻草，在村子里转悠，好像在找自己的魂一样。他总盼望着天早一点黑下来。

等到吃过晚饭，美好的时刻来临了。他飞快地吃完饭，朝陈寡妇家走去。赌钱的地方，就是陈寡妇家的阁楼上，她是孤寡老人，无儿无女，没有任何收入，只靠收一点抽水钱过日子。在旧社会，她家就是开赌馆的，所以服务相当周到，不仅供应茶水，还供应夜宵，有时是大排面，有时是汤圆，有时候是炒螺蛳。

因为怕联防队来抓赌，陈寡妇就锁了门，坐在巷口放风。打牌的时候，气氛是十分紧张的，他们跟平时判若两人，眼珠突出，紧紧盯着桌子上的牌，一个个变得凶神恶煞，好像要吃人的样子。他们绞尽脑汁，都想把别人口袋里的钱变成自己的钱。他们不停地抽烟，赢了钱，不能沾沾自喜，只能抽支烟暗暗庆祝一下，输了钱，更要抽支烟，缓解一下心中的郁闷，让自己打起精神来。不一会儿，阁楼里便烟雾缭绕，像一座土地庙了。

女人们不放心，把孩子哄睡之后，总会去探一下班。舅妈是个例外，她从来不去，因为她对舅舅充满信心，等到她第二天醒过来，舅舅就会像变戏法一样带着钱回来。她拿了钱,提着篮子到镇上割肉。她总觉得,打牌赢来的钱,就好像是天上掉下来的,好像是地上捡到的,花掉了,明天还会有,所以花起来特别舒坦,也特别大方,一点也不觉得心疼。

其实,舅妈一直被蒙在鼓里,舅舅不可能天天赢钱,恰恰相反,绝大多数时候,他都是输钱的。他知道,舅妈视钱如命,如果知道他输了钱,肯定不让他再去。于是,每次输了钱,他又厚着脸皮把钱借回来。时间一长,欠的钱越来越多,别人就不肯再借了。他就只好去向外公和外婆求助了。

当然,要钱是需要一些技巧的。他从来不说是去还赌债,而是说要去外地谈一笔大业务,如果谈成了,就能挣一大笔钱,一下子就能成为村里的首富。现在,只需要一点点盘缠。他每次都说得天花乱坠,让外公不由自主地把手伸向了钱包,好像不给他钱,就挡住了他的财路,是一种罪过。

舅舅的胃口越来越大,外公和外婆的手头也越来越紧,有时候入不敷出,连房租也要拖欠,人一欠钱,脸皮就薄了,见到房东都要躲着走,好像做了亏心事一样。每次撕日历的时候,外婆都要叹一口长气,因为发工资的时间还遥不可及。她觉得这样下去不是办法,想找一条生财之路。

有一次,她捡到一块废铁,卖给了收废品的男人。那个男人眉心有颗大黑痣,看起来很老实。她趁机向他倒了一肚子苦水。男人笑着说:"老太,你可以去服装批发市场捡纸皮啊。"外婆一听,连忙摇头:"那我不成捡垃圾的了?"

"捡纸皮和捡垃圾可不是一回事,纸皮很干净的,"男人接着说,"捡纸皮就相当于捡钱,一年下来捡三五千块一点问题都没有。"

男人走后,外婆开始算账。外公每个月的退休工资是一百二十块,收税每个月七十块,她带小孩,每个月九十块,加起来一年才三千出头,捡个纸皮,就可以让收入翻一番。外婆心动了。

第二天,她便在服装批发市场捡起了纸皮,顺便也捡塑料瓶子和废铜烂铁。刚开始,她很不好意思,总觉得大家在她背后指指点点,脸上火辣辣的。时间一长,脸皮就变厚了,她想,反正这个县城里也没人认识她。再后来,她发现捡纸皮其实是一件能让人着迷的事情,相比于带孩子,既轻松,又自由,更重要的是挣钱多。都说,行行有门道。为了多挣点钱,外婆也有一些绝招,比如,在纸皮里包一些石头,比如,把浸湿的纸皮包在里面等等。

外公有洁癖,他的衣服总是很干净,即使是下雨天,裤子上也没有一个泥点。每天睡觉前,脱下来的衣服,都会叠得像豆腐一样四四方方。外婆则是大大咧咧的,从来没有收拾屋子的习惯,总觉得乱糟糟的才像个家,家里太干净了,她还觉得不适应呢。

她每天都将纸皮捡回家,房子本来就不大,用不了十天八天,就堆得满满当当,桌子下、床底下全都是。生活在巨大的垃圾堆里,对外公是一种折磨,他觉得整个人像易拉罐一样被压扁了,连呼吸都不通畅,而外婆呢,整天乐滋滋的,像地主看着满囤的粮仓。

收废品的男人好像摸到了规律,每隔十天就会来一次。这是外婆最开心的时刻。卖完纸皮,房子立刻就空了,外公的心情变得舒畅起来,可外婆的心里却总是空空荡荡的。

凡事皆有乐趣,捡纸皮也不例外,总有意想不到的惊喜发生。外婆听说,有人捡到过钞票,有人捡到过金戒指,有人捡到古董,还有人捡到过一个孩子,还是个男孩呢……只是,这样的好运气,她还从来没有碰到过。

一天下午,外婆像往常一样睡完午觉,吃了几口西瓜,便拉着小拖车往服装批发市场走去。她上午去一趟,下午去一趟,像上班一样准时。市场里的人都喜欢她,因为她很大方,每次卖了纸皮,都会买一些糖果,到批发市场散一散。那些商家就把纸皮留着,等她来取。因此,她每一趟都收获满满。小拖车咯吱咯吱地响着,唱着欢快的歌。

市场门口有个垃圾桶,每次经过时,她都要盘查一番。这一天,她像往常一样,用随身携带的铁钩在里面搜查了一番。突然,钩子动不了了,好像钓了一条几十斤的大鱼。她迫不及待地清理旁边的垃圾,才发现钩住的是一个黑色的袋子。袋子很沉,她心中一喜,以为里面是一块铁,打开一看,几乎要晕过去了,忍不住叫了一声:"我的天啊!"那一刻,她突然觉得呼吸有些困难,谢天谢地,老天终于开眼了,她终于等到了这一天。

她怕引起别人的注意,不敢多看一眼,忙将袋子装进了拖车,折身往出租屋走去。她走得很快,像急着回家下蛋的母鸡。一路上,她一直咬着嘴唇,怕一松开,就会笑出声来。看到有壮汉从身边经过,立刻变得慌张起来,心怦怦直跳,好像怕遭人打劫一样。她小心打量着路上的每一个人,突然觉得全世界都是坏人,那些恶狠狠的人自然不用说,那些笑眯眯的,她觉得他们很阴险,别有企图……

回到出租屋,她的心跳得更快了,她将门反锁,拉上窗帘。透过窗帘的缝隙,朝外面看,看了许久,确定没有人跟踪,才拍拍胸口,喝了一口水。她的身体因兴奋而不停地战栗着,手更是抖得厉害。袋子一打开,房间里瞬间变得明亮起来,里面全是钱,不是一般的钱,而是银圆,白花花的银圆,上面印着袁世凯的头像,两撇胡子高高翘起,要多神气就有多神气。

她开始数,前后数了五遍,才数清楚,居然有三百块之多。她又用手指捏住银圆中间,朝银圆吹了口气,那银圆就好像怕痒似的,发出一阵悠长而清亮的笑声。她一块一块地吹,发现每一块都是怕痒的。她捧着这些银圆,眼泪都要流出来了。她不敢相信这是真的。她捏了一下自己的大腿,确信自己不是在做梦。

她有些不知所措,她想,银圆的主人是谁呢?这么多银圆,怎么会在垃圾桶里呢?怎么才能把银圆换成钞票呢?她想来想去,却没有一点头绪。她在屋子里走过来走过去,像一只鸟,不小心飞进了房子,拼命扑打翅膀寻找出口。

傍晚时分,灰扑扑的光线徐徐降落,屋子里的一切,已经变得模糊不清了。她像醉酒者一样,深深地沉迷在突如其来的欢乐之中,连灯都忘记开了。很多时候,她做梦的时候,都会梦到在垃圾桶里捡到一皮箱钱。没想到,这个梦真的实现了。她忘记了时间的流逝,也忘记了饥饿。

楼道里响起脚步声。外公回来了,他手里拎着半斤豆腐干。他打开门,发现她还没做晚饭,脸立刻黑了下来。他也不吭声,在椅子上坐下,打开收音机,给自己倒了杯烧酒,慢慢悠悠地喝了起来。

外婆刚想开口说话,又忍不住,捂着嘴大笑起来。外公看到她的样子有些疯疯癫癫,便骂道:"你喝了疯婆子的尿了吗?"夫妻在一起时间久了,说话也会有套路。如果是平时,外婆会立刻回他一句:"你吃了狼人的屎了吗?"可这会儿,她一点也不生气,她没头没脑地说了一句:"老头子,我们明天回趟家吧。"外公听了满头雾水,低下头,继续喝酒。这时,外婆从口袋里摸出一枚银圆,轻轻搁在桌子上。外公拿起来,朝它吹了口气,放在耳边,闭上眼睛听。他也听到一阵清脆的颤音。外婆一声也不敢出,盯着他的嘴唇。外公没说话,放下银圆,夹起一块豆腐干,轻轻咬掉了一个角。外婆性子急,忍不住问:"真的,还是假的?"外公拿起杯子,喝了一口酒,很是随意地说:"好像是真的。"外婆一听,立刻像蚂蚱一样跳起来,从床底下拎出一袋银圆,重重地扔到了桌子上,用一种陌生而又沙哑的声音说:"老头子,我们发财了。"她关掉了收音机,将事情的经过一一道来。外公一边喝酒,一边听着,末了,不冷不淡说了一句:"世间哪有这么好的事?"外婆没把他的话当回事,她得意地说:"还不是因为我平时好事做得多?"突然,她又好像想起了什么,说:"你慢慢喝,我去买点牛肉回来。"说完,趿着拖鞋出了门,拖鞋并不是一对,一只红的,另一只黑的。

那天晚上,外婆没有睡好,像油锅里的一条煎鱼,在床上翻来覆去。第二天,她起得比平时晚,虽然没睡好,但气色还不错。出了门,她觉得自己好像变了一个人,腰板比平时直了许多,说话的声音也大了许多。她没有在家做早餐,而是大摇大摆地走进小吃店,要了一碗小馄饨,一根油条,付钱的时候,闻到煤炉上茶叶蛋的清香,又要了一只茶叶蛋。花钱的时候,她一点也不肉痛,只是吃得太饱,一个劲地打嗝。

几天之后,舅舅来了,舅妈也跟着来了。外婆见了,很不高兴,她心想,一个人来就好了,两个人来就要买两张车票,她心疼钱。不过,转念一想,她现在是有钱人了,不应该这样计较。

外婆迫不及待地取出银圆,舅舅和舅妈看后,脸上堆满了泡沫般的笑,左一句恩娘,右一句恩娘,叫得亲热,听得肉麻。尤其是舅妈,像换了个人一样,净说好话,她说出的好话,可以塞满整间屋子了。

他们开始讨论如何处理这些银圆。舅舅说:"我听说,最近乡下有人专门在收银圆,一块银圆可以卖到一百二十块。"外婆一听,好像不相信自己的耳朵,问:"这么贵?那不是有三万六千块?"她和外公不吃不喝,十年也挣不到这么多钱啊。说来也怪,外婆一心想着换钱,可真要换时,她又有点舍不得了,捧起一把银圆,放在鼻子下面,闻了又闻。舅舅接着说:"现在卖是最好的价钱,去年只能卖到一百块。我听说,过段时间恐怕就要跌价了。"说完,他朝舅妈使了个眼神。舅妈便说:"前几年,有一个老太太,瞒着儿子,拿了金手镯去换钱,被人弄死了。"外婆一听,吓得脸色煞白。她好像猜到了外婆的心思,顿了顿又说:"你放心,卖了之后,钱全部给你,我们一分都不要。"外婆终于下定了决心。她只留下了两块,其他的全部给了舅舅。舅舅和舅妈连饭都没来得及吃,拿了银圆,回乡下去了。

那几日,她总是神情恍惚,觉得心里空空荡荡。又等了一些时日,她终于忍不住了,回了趟乡下。

舅舅和舅妈都在家,还没等她开口,舅舅黑着脸说:"你那些银圆全是假的,一分钱也不值。"外婆愣了半天,觉得双脚发软,连站的力气都没有了。她沉默了好一会儿,才说:"我觉得是真的,因为上面的人很像袁世凯。"舅舅便反问道:"你见过袁世凯吗?"她还不甘心,轻声问:"一块真的都没有?"舅舅凶巴巴地说:"人家骂我们想钱想疯了。"舅妈在旁边阴阳怪气地帮腔:"垃圾堆里捡回来的,能有什么好东西?"外婆又问:"银圆呢?"舅舅一脸不耐烦地说:"扔到河里去了。"

　　一夜暴富的梦想就这样破灭了,外婆又从天堂跌落到了人间。她连夜赶回到了城里,她必须继续捡纸皮,只有这样,才能给舅舅支付赌债。一路上,她觉得身体很轻,像一片羽毛,飘浮在半空。下车的时候,她觉得眼睛冰凉,抹了抹眼睛,不知何时,眼睛竟然湿了。那两块银圆,她一直放在皮夹子里,舍不得丢掉。没事的时候,她还会拿出来吹一吹,然后发出一声长长的叹息。

　　舅舅的业务差一点就成功了。那一年秋天,我去舅舅家玩,看到舅妈一个人在地里割稻。一见到我,她就笑了,笑得连眼睛都看不到。我问她:"舅舅去哪里了?"她压低了声音,神秘兮兮地说:"去省城了,这次有一笔大业务,谈成了,可以搞到十万块。"说到十万块的时候,她加重了语气。我附和道:"这么多钱,那你们就真的发财了,是镇上最有钱的人啦。"她一脸陶醉地说:"我算过了,只要有五万块,一辈子就不愁吃喝了,十万块,可以够花两辈子了。"她顿了顿,又说:"你要好好读书,到时,我来供你。"我一听,心头暖暖的,想着可以沾点光了。可惜,这笔业务最后还是没有谈成,舅舅垂头丧气地回来了。

　　那一年的冬天格外漫长,刚进入春天,就下了一场雪。天气冷了又热,热了又冷,反复无常,人经不起折磨,容易生病。一天傍晚,舅舅从镇上回来,刚走到大门口,突然晕倒了,他的头撞到了门,发出咣当一声巨响。正在厨房做晚饭的舅妈跑出来,见到倒在地上的舅舅,脸色白得像米粉一样,尖叫了一声,冲上前去喊他。他一点反应都没有。舅妈不知所措,一个劲地哭:"我的青天啊,我的青天啊……"围观的人越来越多,陈寡妇见多识广,她一脸镇定地说:"人还没死,你哭什么,赶紧掐他的人中。"舅妈便用指甲掐他的人中,一次比一次重,终于,他的眼睛缓缓睁开了。送到医院后,医生也没说是什么病,只开了几服中药就回来了。那段时间,屋子里到处弥漫着苦涩的中药味。舅舅这一病就是半个月。都说生病是死亡的练习,人一生病,就会对这个世界产生一种厌倦的情绪,原本觉得极其重要的,也看淡了。舅舅浑身乏力,在病床上躺了半个月,做出了一个重要的决定——不再赌钱。当他跟舅妈说出这个想法时,舅妈的脸色突然一沉,反问道:"不赌?你靠什么养家?"几天之后,舅舅又回到了赌桌旁。

　　一夜暴富的梦着实令人着迷,舅舅始终没有放弃他的业务。到了油菜花开的时节,他又去了一趟省城,和以前一样,业务还是没有谈成。回到家的时候,天已黑透,他没来得及吃饭,就像和老相好约会一样,迫不及待地上了赌桌。

　　当他像外星人一样出现在陈寡妇家的时候,大家都感到惊奇,赌局已经开始,没有他的位置,他好说歹说,也没人让位。他也不回家,就在旁边看着别人打。后来,有个人起身去撒尿,他就代他打,那人解完手回来,他死活也不肯让位。他带着求饶的口气说:"几天不打,手痒了,今天,如果赢了,我们一人一半,如果输了,全包在我身上。"这样的好事,谁也不会拒绝。

　　说来也怪,那天,舅舅的手气出奇地好,他这辈子没赢过那么多钱。时间很快就到了三点钟,公鸡打鸣了,本应该收档了,舅舅兴致很高,还不肯罢休,他说:"你们输这么点钱,就怕我了吗?"大家只好硬着头皮陪他玩。

　　到五点多的时候,村子里突然响起一阵尖叫声。舅舅出事了。他像被闪电击中了一样,身子一歪,钻到了桌子底下,纸牌紧紧捏在手中。

　　舅舅被送到了县城的医院,又转到了市里的医院,最后,带着一张病危通知书回来了。他已经瘦得没有了人形,衣服穿在他身上,像稻草人一样,两只脚像两根甘蔗,完全不能支撑起自己的身体。

　　几天之后,下了一场大雨。屋子里弥漫着热乎乎的尘土味,舅舅的呻吟声,被雨声掩盖……傍晚时分,雨停了,暴雨啄穿了厚厚的乌云,天色明亮,宛若清晨。舅舅用尽所有的力气,企图抓住这光亮,枯枝般的手在空中停留了几秒,又骤然落下……他跌入了永恒的黑暗之中。

将尽

雨是从傍晚开始下的,不到五点,天光就收敛起灰色的羽毛,如果不点灯,连墙上的年画都看不清了。和平原上多数村子一样,村里大多都是老人,不期而至的雨让他们无所事事,早早吃完夜饭,上床去了。村子在白浪中颠簸,像一只孤苦无援的船。

幽灵一般的闪电,一次次从天空掠过,雷声响得惊人,几乎要把人的脑袋炸裂。西边的小河是村子的最低处,天刚断暗,河水就轻而易举地爬上了青石河埠,水面上漂浮着一串又一串水泡,像打出的饱嗝。雨下疯了,好像永远不会休止。

到了后半夜,还有很多人无法入睡呢。雨声实在太响,半睡半醒间,免不了生出一些幻觉,好像被扔进油锅反复煎炸。这样的夜晚,注定不太寻常,让人隐隐觉得会有大事发生。

凌晨一点多,黑暗突然裂开一道口子——临河的一户人家亮起了灯。在无边无际的黑暗中,灯光显得格外突兀,像柿子树上残剩的最后一只柿子。

屋子里住着一对风烛残年的老人,一个八十八,一个八十四,那是我的外公外婆。半年前,陈婆婆去世以后,他们就成了村里年纪最长的老人。从那时起,大家看他们的眼神变得有些异样,话语间隐约有一丝同情。

房间陈设简陋,在朦胧的灯光下,显得愈加杂乱。进门左手边,是一张吃饭的小方桌,靠墙的一侧,放着一只旧式的收音机,水绿色的塑料饭罩里有吃剩的夜饭,半个咸蛋、半碗酱瓜,还有半碗面条。旁边是一张躺椅,像刚从前线撤下来的伤员,好多地方都用铅丝绑过,这是外婆的至爱,外公扔了好几次,又被她捡了回来。

躺椅旁边,堆着十几只装满稻谷的蛇皮袋,有几只破了口子,谷子撒了一地,那全是老鼠的功劳。老鼠欺软怕硬,它们一点也不怕老人,天一黑,就满屋子溜达,好像自己才是屋子真正的主人。外婆总是很心疼,忍不住咒骂几句,外公却一点也不生气,他像吓唬孩子一样吓唬她:"它要是没谷子吃,就会来咬你的脚趾。"外婆听罢,身子猛地一颤,不再吭声了。

进门的右手边,是煤气灶和碗橱,靠窗的地方,有一张桌子,边上贴的木皮像兰花指一样翘起,照片、旧信、假牙、烟盒、针线盒、手电筒、硬币等堆得满满当当……和许多老人的房间一样,他们的房间里也弥漫着一种特别的气味,闻上去仿若一块变了质的油饼。

一条藏青色的布帘将房间一分为二。布帘的里面,摆着一张红漆的木床,这是他们的婚床。床楣上画着喜鹊和牡丹,时间久远,漆已掉得差不多了,露出木料本来的颜色,像焯过水的猪肝。他们在上面睡了快七十年了,总觉得这是世界上最舒服的床,要是换一张床,断然是睡不着的,所以,不管去哪里做客,不管天色多晚,总不肯留宿。虽然睡在同一张床上,两个人的状态又是截然不同的,外公总是睡得很沉,外婆则睡得很浅,睡了又醒,醒了又睡,睡眠就像一堆撕碎的纸片。每天夜里,她总要叫他好几次,一直要听到他的咒骂,确认他还活着,心才能踏实下来。

和所有老式的床一样,床前也有一块踏脚板,靠墙的那一侧放着一只胖乎乎的马桶,解手倒很方便,但马桶和枕头离得这么近,气味多少还是有些难闻的。不过,他们已经无所谓了,很多年以前他们的鼻子就失灵了……

片刻喧哗之后,房间里终于响起一阵拖沓的脚步声,一张苍老的脸像水母一样浮现于玻璃窗上,那是外婆的脸。雨水遮挡了一切,房子像搬进了一口深井之中,她什么也看不到。雨打在玻璃上,发出噼里啪啦的声音,鞭炮声一样响亮。外公靠着床沿,闭着眼睛,两只虚弱的脚,像受惊的鸟,久久不敢落下。外婆眉头紧锁,长叹了一口气,慢吞吞地将手伸进枕头,取出一沓钱来。

十几分钟后,年迈的门打开了,它发出痛苦的吱嘎声,像一只猫的惨叫。刚一打开,立刻又关上了,像被风抽了一个响亮的耳光,发出砰的一声巨响。如果是平时,大半个村子都能听到这声响。这会儿,却完全淹没在雨声之中了……

过了好一会儿,门再次打开。外婆一只脚刚跨出门槛,立刻尝到了风的厉害。她手里打着一把黑色的旧折叠伞,还没来得及回过神,狂风一把就将它夺走了,她轻轻地啊了一声,下意识地伸手去抓,可哪里还来得及呢,一眨眼工夫,那伞早已像风筝一样飞到空中,飞过了小河,挂到了对岸的树枝上。她吓得不轻,轻轻拍打着胸口——幸好刚才及时松手,要不然,挂在树枝上的,可能就是她了!

外婆像青蛙一样跳回屋,终于硬着头皮用一种小心翼翼的口气问外公:"要不……明天早上再去?"

外公眼睛直直地盯着外面,好像没听到她的话。

"家里只有这一把破伞,"她顿了顿说,"我们总不能把铁锅顶在头上吧。"

外公仍然没吭声,他的脸因为痛苦,紧紧缩成一团,额头上挂满细密的冷汗。

她忐忑不安,以为他又要发火了。这半年来,外公完全变了一个人。他以前脾气很好,就像一个面团,随便她怎么捏、怎么揉。可现在,他动不动就要发火,好像再不抓紧时间发几次火,这辈子就亏本了一样。外婆很快接受了这个事实,她暗暗地想:"我欺负了他一辈子,现在,总算轮到他来报复了……反正他的时间也不多了。"她肯定会活得比他久,对于这一点,她相当自信。

外公并没有发火,他用轻得不能再轻的声音说:"肠子……好像……破了。"这个声音听起来让人心碎,像一个孩子在向母亲撒娇。说完,他捂着肚子,轻声呻吟起来。

外公并不是一个脆弱的人,但肚子实在疼得厉害,就像有人拿匕首绞他的肠子,肚子一疼,他就觉得呼吸困难,嘴巴自然就要张开,可只要一张开嘴,那痛苦的呻吟就源源不断地冒出来……

外公和外婆站在屋檐下,雨水像瀑布一样倾泻,不时溅湿他们的脸,让他们感受到暮夏的阵阵寒意。

"要不,找个人背你去?"外婆说。

外公轻轻摇了摇头,说:"太晚了,不……麻烦别人。"

他们本想着雨会慢慢变小,孰料,它竟越下越大,看样子,一晚上都收不住脚了,只好硬着头皮,冲进雨中。

雨比他们想象的大得多,它不是落下来的,而是劈头盖脸地砸下来,像拳击手的拳头,迅猛而密集,转瞬之间,就把他们砸晕了。

虽做好了充分的心理准备,但他们万万没有想到,情况要比他们想象的糟糕得多,狂风和暴雨让平原变成了巨大的迷宫,原本熟悉的一切,竟然变得完全陌生。

风像一群残暴的打手,将他们团团围住,扯着他们的衣服,试图把他们扔到空中,雨像另一群打手,狠狠地抽打着他们的身子……他们几乎连站都站不稳了。几秒钟后,身上完全湿透了,衣服紧紧地贴着身体,口袋里装满了水,鞋子里也装满了水。

外婆的个子本来就很小,过了七十岁,一年比一年更小,乍一看,她的背影简直像一个发育不良的小女孩。她一直挽着外公的手臂,与其说扶着他,不如说像被他拖着吃力地往前走。

出村的道路沿河而修,年代久远,路上到处都是水坑,有些比煮饭的锅还深。雨太大了,他们完全睁不开眼睛,只能凭着感觉,歪歪倒倒地往前走。疼痛让外公忘记了一切,他只有一个信念——无论如何都要去县人民医院,他知道,待在家里,肯定挨不过今天晚上。外婆越走心越虚,每走几步,就抹一抹脸上的雨水,眯起眼睛,瞥一眼前面的路,又立刻闭上。这条路,他们来来回回走了几十年,他们熟悉它,就像熟悉自己的手掌一样,可是闭着眼睛走却还是第一次,他们一点也不敢大意。

风像一块巨大的黑布,将它们紧紧裹住,每走一步,都极其艰难,好像要咬紧牙关,奋力将这块布撕破。走了几分钟,外婆就走不动了,两条腿完全不听使唤,好像是借给了别人。幸好,前方出现了一棵大树,树很大,交错的树枝,密集的树叶,交织成一把大伞,可以让他们避雨。树成了临时的避难所,眼睛终于可以完全睁开了。

外婆认出这棵树。这是一棵老杨树,有多少年岁,没有人知道,但有一点可以肯定——比村子里所有的老人都要年长。夏日里,这是全村最凉快的地方,层层叠叠的树叶,挡住了烈日,树下是大河埠,天气再热,总有凉爽的风源源不断地吹来。午睡之后,老人们陆陆续续来树下聊天,说些陈年的往事,有些事情,不知道反反复复说了多少遍,可听的人仍然觉得津津有味。河埠由大块大块的青石板砌成,光滑如同婴儿的屁股。谈话的人,经常会发生变化,过一段时间,就会有一个老人缺席,有些是临时缺席,有些是永远缺席。对此,他们已经习以为常,说到底,死亡和吃饭睡觉一样,是再自然不过的事情了。他们没有太多的感伤,只会沉默片刻,用一声或长或短的叹息为他们送行。

认出这棵树后,外婆立刻失望起来,原以为已经走出了村子,却发现刚刚才走出了几十米。这让她十分沮丧,忍不住骂道:"这杀千刀的雨,这杀千刀的风。我的脚,好像被人捆住了一样。"

夏天即将远行,秋天正在路上,夜晚已经有了寒意。一停脚,她立刻感觉到冷,彻骨的冷,风一吹,雨就从树叶的缝隙里掉下来,像一条条冰凉的漏网之鱼,让她忍不住战栗。她将身子缩成一团,像鸽子一样嘀咕道:"如果这样,天亮也到不了镇上。"外公没有接她的话,她抓住他的手臂,壮着胆子,带着恳求的语气说:"恐怕还没到医院,我们的老命就送掉了,要不,还是明天早上……"话还没说完,倔强的外公猛地甩开她的手,独自冲进雨中。他一只手压着肚子,身子弯曲得更厉害了,头几乎要碰到地面了。

疼痛是从昨天傍晚开始的,晚上吃饭的时候,外婆做了蘑菇瘦肉汤,外公一点胃口都没有,只喝了两口,就恶心得想吐,还不停地冒着虚汗。以前,他每天要喝两顿酒,中午和晚上各半斤。每一次见到长台上的酒桶,黯淡的眼睛里立刻有了光芒,可昨天晚上,他连看都不想看一眼。他早早地上了床。在乡下,生病的老人总会在第一时间想到床,好像它是最好的医生,只要在上面躺一会儿,病自然就会痊愈一样。说来也怪,他躺了一会儿,疼痛竟然渐渐消失了,原本昏沉沉的脑子也格外清醒。这样的情况,以前也曾有过,一般来说,只要睡上一个晚上,自然就好了。他以为这一次也能这样平安过关。

谁料,到了后半夜,疼痛将他疼醒了,这一次变本加厉,像猴子尖利的爪子在肚子里乱抓,翻江倒海的疼痛,让他满床打滚。他知道趁着还有一点力气,必须下床,否则将永远爬不起来。起床并不是一件容易的事,他一只手抓住床板,咬着牙,用尽全力,方才坐起身来,脚一沾地,立刻又觉得天旋地转,只好坐回床沿,等了好一会儿,才慢慢地站起来,闭着眼睛,扶着墙壁,往门口艰难地挪动。

他们走走停停,前进的速度越来越慢,停的时间远比走的时间多得多。出了村子,有一座小桥,桥面很窄,两边没有扶栏,白天经过时,都要分外小心。此时此刻,风大雨大,他们就像走在悬崖之上的钢丝上一样,身子不停地在风中摇晃,心跳到了嗓子眼里,生怕一脚踩空掉进河里。恐怖的闪电又一次掠过天空,像是要给他留下最后的遗照。他的脸色白得瘆人,好像刚刚从坟里跑出来一样。

桥总算走完了,紧绷的身子终于有了片刻的松弛,他们站在那里,完全挪不开步子,腿上的肌肉因为过度紧张而僵硬。路边有一根电线杆,这个时候,靠近电线杆是极其危险的,可他们已经顾不了那么多了,就像见到自己的亲人一样,猛地扑上去,紧紧将它抱住,老泪纵横,惊魂未定的双腿抽搐不止。

前方,出现了一片连绵的坟地,在平原上,这是最寻常的景象,每一个村庄的入口,都有一片坟地,生者被死者包围着,生与死只有几步之遥。暴雨中的坟地,比平时更加凄凉、阴森。每一个高高隆起的土包上,都有一块圆柱形的泥土,像帽子一样,下面压着清明节飘的白纸花。一进坟地,外公似乎听到了儿子的召唤。我的舅舅就住在那里,一晃已经十几年了。外公知道,他旁边的那块空地,就是留给自己的。

穿过坟地,小路变得弯弯曲曲,在树林里扭来扭去。因为没有车子碾压,泥土十分松软,一下雨,就像鸟粪一样稀薄,难以下脚。路边有渠,深宽各约半米。

走了没多远,来到一片低洼处,积水没过路面,已经分不清哪里是路,哪里是渠。突然,外公脚下一滑,身子一歪,倒了下去,外婆没回过神来,也被拽倒了。他们失散了。雨水像马蹄一样,疯狂地踩踏着他们的身体。外婆觉得骨头散架了,躺了好一会儿,才有力气爬起来,她吐掉了满嘴的泥浆,开始喊外公。

开始的时候,外婆的声音是轻微的,好像还有点不好意思,喊了几声,听不到应答,害怕起来,几乎带着哭腔:"老头子,老头子,你在哪里?"外公还是没有应答。她有一种不好的预感,顿时变得绝望,像泼妇一样骂道:"你个死鬼,你个杀千刀的,你可不要吓我,你不准扔下我不管……"她用尽了所有力气骂,可她的声音,却像微弱的火苗,转瞬之间就被大雨浇灭了。整个世界,只剩下稀里哗啦的风声和雨声。

外婆感觉天塌下来了,跪在泥浆里,疯了似的摸着。可她一无所获,手上除了泥浆还是泥浆。外公好像真的死了。对她来说,死亡其实并不陌生,她也知道,他肯定会比她先走,可是,当这个时刻真正降临时,她还是感觉一种前所未有的惊恐与慌张。

她无助极了,不知如何是好,坐在地上哭起来,哭声越来越微弱,连她自己都听不到了,只剩下悲伤的肩膀在轻轻地耸动。有那么一会儿,她甚至有一种错觉,觉得自己已经到了另一个世界。

外公并没有死。他刚才一脚踩空,掉进了水沟,他下意识地挣扎,可越是挣扎,身子竟然陷得越深,最后,卡在水沟里,再也不能动弹。他的半个头浸在水中,耳朵里也进了水。他试图抓住一些东西爬起来,可除了雨水和空气,他什么也抓不到。他拼尽全力,耳朵终于离开了水面。这时,外

177

婆的呼唤,隐隐约约,若有若无。他想回话,连说话的力气都没有,像濒死的鱼一样,张了张嘴,发不出一丝声音。

老天总算开恩,雨势变小了,像跑累了,停下来歇口气。外婆的耳朵突然一阵颤动,听到水沟里传来拍水的声音,像一条搁浅的大鱼无力地拍动着自己的尾巴。这是外公发出的求救信号!他咬着牙,忍着剧痛,用脚击打着水,一下,一下,又一下。

"他还活着!他还活着!他还活着!"她心头一暖,浑身涌起了鸡皮疙瘩。她原本以为,她会坦然接受他的死亡,可是当死亡真正降临,她才知道自己的不舍。

她循着拍打声往前爬,终于摸到一堆地衣一样柔软的东西,那是他的头发,热乎乎的眼泪瞬间涌出。"我在这里,我在这里,我在这里……"她反反复复地说着,一边说,一边急切地寻找他的手,与此同时,他也在寻找她的手。两只无助的手,终于紧紧地、紧紧地握在一起,像失散了几十年的亲人,在临终的时刻终于得以相见。她原本以为自己的手很凉,没想到,他的手竟然比她的还要凉,突然之间,一种久违的母性的柔情,像潮水一样涌上心头。他们生活在一起快七十年了,她第一次感受到他的虚弱,他第一次感受到她的强大。第一次觉得对方如此重要,如此强烈地需要对方……

外婆用尽全力拉外公,这是徒劳的,他一动也不动,好像泡过水后,身体变重了许多。叫天天不应,叫地地不灵,她委屈极了,只好又坐在地上痛哭起来。她想念起自己的儿子,如果他还活着该有多好,她想念自己的女儿,可她却在千里之外……哭了好一会儿,她还不死心,爬起来,跳进水沟,将两只手塞进他的腋窝,硬将他的上身扯了出来,将他的腿一条搬上来,又将另一条腿搬上来。

此时,外公和外婆已经筋疲力尽,连站起来的力气都没有了。他吃力地翻过身,趴在地上喘着大气,过了好一会儿,像甲虫一样在地上爬行。她也在爬,跟在身后,亦步亦趋,不离不弃。泥浆不长眼睛,到处乱溅,不一会儿,他们的头发里、鼻子上、耳朵上、嘴角边全是泥浆,就像两件未来得及清洗的出土文物。

外公感觉自己的身子就像一段朽木,被疼痛砍成了两截,因为腰里用不上力,身体显得格外笨重,全靠两条手臂在用力。爬了一会儿,两只手臂,开始酸痛起来不听使唤了。有好几次,他都想放弃,闭上了眼睛,好像沉入了黑暗的无底深渊。可是,每当他想要放弃的时候,就会有个声音在召唤着他,不能睡,千万不能睡,一旦睡了,就再也醒不过来了。求生的本能,让他一次次咬紧牙关。

不知爬了多久,外公和外婆终于摆脱了泥泞的小路,来到了公路上。他们稍稍松了一口气,毕竟一半的路程已经走完。

这是乡间最为常见的简易公路,没有铺柏油,只撒了一层细石子,石子细小如犬牙,十分硌手。没爬多久,外公的手上就起了血泡,手掌像被火舔过一样疼痛,但是,相对于肚子的疼痛来说,这一点疼痛完全可以忽略不计。

一座桥屹立在前方,外公抬起头瞄了一眼,立刻倒吸了一口冷气。桥很高,坡很陡。他有些泄气了,觉得小镇就像在天边一样遥远,永远无法抵达。八十八年来,他第一次觉得,苍老是多么无助、多么可耻的一件事情。

他趴在地上,休息了很久,又开始挪动起来。只是,爬行的速度越来越慢,很多时候,他只是趴在那里,一动不动,像一块石头。

他想起一件事来。几天之前,他像往常一样去镇上吃茶,上这座桥时,一台三轮车像发了疯似的冲过来,三轮车的刹车坏了,速度越来越快,他一惊,赶紧侧身避让,可一切已晚,只听骑车人一声惊恐的尖叫,三轮车不偏不倚地撞上了他。他被轻轻一挑,落到了路边的沟渠里。幸好,沟里没有水。他蜷缩成一团,骑车人吓得脸色惨白,一瘸一拐地跑过来拉他,心中忐忑不安,心想着外公肯定要狠狠敲他一笔了。他一个劲问:"你没事吧?你没事吧?"外公当时有些晕眩,并没有感到不舒服,他慢慢地起身,拍了拍灰尘,看到骑车人因受惊而变形的脸,竟然有些不好意思,轻声说:"我没事,你走吧。"

这件事,他谁也没有告诉。现在想来,当时多少是受了内伤的。他想告诉外婆,话到了嘴边,终究还是咽了回去。

外公和外婆一寸一寸地前行,终于爬上了桥背。外公的情绪突然变得低落,按照当地的规矩,如果在外面断了气,是绝对不能进村的。此去凶多吉少,他不确定自己能不能活着回来。风很大,桥剧烈地摇晃,他们的身子也跟着颤抖起来。

"灯!"外婆突然兴奋地尖叫起来。外公微微抬了一下头,眯起眼睛,看到了一团团模糊的光晕,眼睛一阵发痒。在黑暗中爬行得久了,人是很容易悲观的,以为黑暗是永无止境的,可一见到灯光,他身上有一种热乎乎的感觉,同时产生了一种错觉,觉得自己脱离了死亡的纠缠,爬出了地狱,回到了人间。只有人间才有灯光啊,他长长地叹了一口气。

路灯渐渐清晰起来,外公的眼睛一下子适应不了,他只看了一眼,便趴在那里一动不动。只有在漫长的黑暗中苦苦挣扎的人,才能真正体会光明的意义。光明是有力量的,他咬了咬嘴唇,暗暗地对自己说,老东西,坚持住,就快到了。

或许是太过疲乏,外公的脑子里开始出现了幻觉,有那么一瞬间,他似乎看到了县医院的大门,看到了穿着白大褂忙碌的医生,看到自己被推进了手术室。路两边终于出现了两排房子,仰着头看上去,好像是歪的,他们像保镖一样在公路边一字排开,房子都是新修的,一楼是商铺,二楼住人,墙上面贴着瓷砖,阳台全用铝合金封起来了……谢天谢地,他们终于来到了镇上。

已经是后半夜了,加上狂风暴雨肆虐,小镇荒凉至极,就像遗址一样,似乎找不到人类活动的迹象。外公不想在镇卫生院浪费时间,他要直接去县人民医院。他知道,从镇上过去,大约还有二十多里地,爬过去自然是不可能的,无论如何,必须找一台车。

他们爬到一户人家的门口,这是一家副食店,门口停着一台绿色的小车。车子在大雨中缩成一团,像一只小乌龟。门口有一个台阶,平时并不觉得高,可这个时候,外公觉得身子底下好像长出了根一样,每移动一毫米都极其艰难。爬到一半,他没有了力气,外婆又去拉他,折腾了许久,总算拉了上去。两个人躺在屋檐下,像溺水者终于爬上了岸,有一种劫后余生的感觉。

"有人在家吗?……开开门……我家老头子快不行了……开开门……送我们去县城。"外婆扯着嗓子喊,但是,人雨无情地淹没了她的声音,很快,她的嗓子哑了。外公则趴在地上,手臂上的肌肉,此刻像火焰一样不停地跳动着。求生的本能,对生命的渴望,让他也爬到门口,抬起头,使出浑身的力气拍打着门。他觉得,这不是一般意义的门,而是生死之门。门如果打开,他就能活下去,门如果不打开,他将活不过今天晚上。他的手掌在门上留下一道道印子,黄里带红,黄的是泥,红的是血。雨声实在太大,拍门的声音,也被雨声掩盖了。他仍不肯放弃,含着热泪,不停拍打,到后来,手再也抬不起,只能趴在地上,发出低沉的抽泣声,仿佛已经听到了死亡的脚步声。时间一秒一秒地流逝,一秒钟就像一个世纪那样漫长。没有人来开门。

对于他们来说,每一分每一秒都是极其珍贵的,没有时间可以浪费。几十年的共同生活,使彼此之间形成了一种默契,两人一句话也没说,继续往前爬行。幸运的是,只爬过几户人家,他们就看到有一户人家门口也停着车,灰暗的眼睛顿时又有了些许光亮。他们没有多想,立刻开始拍门。这一次,拍门的声音更加响亮,好像是上门讨债的债主一样。

这户人家养了一条狗,狗很警觉,一听到外面的响动,立刻狂吠不止,叫声震耳欲聋,十分恐怖。"这是一条体型很大的狗吧!"外公和外婆害怕极了,心扑扑直跳。如果它跑出来,他们一点还手的力气都没有,肯定会被撕成碎片。不过,狗的叫声帮了他们的忙,过了一会儿,黑暗中终于响起了脚步声,脚步很重,听上去像个男人。期待的时刻终于到来,他们就要得救了,外公的身子彻底放松下来,像一堆沙子。他歪着头,躺在地上,带着几乎享受的表情,倾听着这渐行渐近的脚步声。

说来也巧,那人正好起来解手,听到狗吠声,以为是家里进了小偷,手上还捏着一把闪着寒光的菜刀呢。他并没有马上开门,而是眯着眼睛在门缝里看,看了好一会儿,发现门外有两位老人,一个躺着,一个坐着,满身泥浆,样子很吓人。他壮了壮胆问:"是人……还是鬼?"

外公已完全说不出话,只能发出痛苦的呻吟。外婆见到有人,一激动,又哭了起来,边哭边说:"我家老头子,快,快不行了,麻烦你,求求你送他去县医院。"那人没有说话。她好像突然想起了什么,从口袋里摸出一把花花绿绿的钞票,在他面前晃了晃说:"钱,我们有钱。你随便开个价。"可那人还是不肯开门。她就一个劲地给他磕头,额头上磕出了血。人心都是肉做的,看到一个八十多岁的老人这样恳求,他终于有些不忍心了,叹了一口气说:"算了算了,就当我欠你们的吧。"她又一个劲地对着恩人磕头道谢。

他开了门,还是被两个人吓了一跳,不由得往后退了一步。一张没有血色的脸,一张扭曲的脸,沾满了泥浆和草屑,真像是从某个坟洞里钻出来的。他有些后悔了,开始担心起一件事——这个老头会不会死在车上?如果真是那样,那就太晦气了,他的车以后就没有人敢坐了。他回到屋里,低着头,假装在抽屉里认真地翻找,每个抽屉都找过一遍后,他一脸歉疚地说:"真对不起,我忘记车钥匙放在哪里了,你们还是去找其他人吧。"

外婆看到长台上的钟,已经是凌晨三点零九分,原本只要走十几分钟的路,他们竟然足足爬了两个多小时。风刮进屋子,她冷得发抖,一连打了五个喷嚏,又一个劲地哀求道:"恩人,你再找找,请你再找找。我们有钱,多少钱都可以。"说完,又在地上磕起了头。

他爱莫能助地摇了摇头,折身去关门,关到一半,他又看了一眼外公,立刻愣住了,问:"你是不是在学堂里教过书?"外婆看到了希望,激动地说:"是的,是的,教了几十年呢。"他终于认出了外公,小学四年级的时候教过他语文。"凌老师!你怎么……"他两眼湿润,喉咙像是被什么东西堵住了,再也说不出话来。

他将外公抱上了车,又拿出两条新毛巾给他们擦脸。车子终于发动了,外公长长地松了一口气。他紧抓着外婆的手,头枕在她的肩上。她的身体开始发热,他能感觉到热气一点点渗进自己的身体……

车子在夜雨中穿行,好像潜艇一般。外公觉得,离县人民医院越近,就离死神越远。不知从何时开始,他对医生特别依赖,好像疾病害怕医生,只要跟医生关系好,疾病就不会找上门似的。平日里,他要是觉得没精神,走路腿上没力,第一时间就去找医生打吊针。他每天早上都去茶馆喝茶,茶馆旁边,就是乡卫生院,喝完茶,他总会进去坐坐,和医生聊上几句,说来也怪,有时候觉得胸闷,只要聊上几句,气就顺畅了许多,浑身觉得轻松,回家的时候,会比平时快一两分钟。如果有一天没有去医院,或者他熟悉的那个医生不在,情况就不那么美妙了,他就觉得缺了什么,好像一件没有贴上合格证的产品一样,心怎么也放不回肚子。晚上睡觉的时候,总觉得自己脑袋昏昏沉沉,一会儿觉得这儿不舒服,一会儿觉得那儿不舒服,脑子也没闲着,老是往不好的方面去想。第二天一早,他早早地去了医院,在走廊里走来走去,等着医生。跟医生聊了几句,他又变得生龙活虎了。他恨不得把家搬到医院旁边去,或者索性去和医生当邻居。

外公对医院一厢情愿的依赖,并没能挽救他的生命。在县人民医院住了三天,他就回家了。医生建议他做手术,而手术成功的希望,最多只有百分之十。他身上插满了管子,灯一关,病房像地狱一样,有的病人一晚上都在痛苦地呻吟,有的病人一晚上都在吐痰。他整夜整夜地睡不着觉,这样的煎熬,比死更难受。

外公是爬着离开,躺着回来的。见到熟悉的房子,躺到熟悉的床上,他灰黄暗淡的眼睛里闪过一丝微弱的光芒。他活着回家了,没有死在医院,没有成为孤魂野鬼,这算是人生的最后一个胜利吧。

不过,他再也下不了床,生命进入了倒计时。子孙们从城里回来,守着他,无可奈何地等待着最后时刻的到来。正是黄昏,平原格外静寂,落日点燃了煤油般的河水,温暖的余晖像老朋友一样穿过窗户来探望他,光线照亮,整个房间里好像生起了一团炉火。大家低着头沉默着,心中暗自祈祷,祈祷时间停滞,祈祷黄昏永远不要逝去,祈祷天永远不要黑下来,仿佛这样,死神就不会降临,外公就不会离开这个世界。

从那天下午开始,外公就进入了弥留状态,痛苦的呼吸声,在屋子里回荡。他一直在吐痰,奇怪的是,痰并没有越吐越少，而是越吐越多，后来，一口痰卡在他的喉咙里，吐不出来，也吞不下去，像一个玻璃珠子，在喉咙里上下滑动。

天黑得比往日缓慢，但最终还是黑了。邻居们开始做夜饭，碗碟发出清脆的碰撞声，没过多久，稻草的清香和食物的香味，在空气中弥散开来，这是人间才有的味道啊。外公仿佛听到了死亡的召唤，呼吸变得越来越微弱。他不再和那口痰搏斗，用力地睁开眼睛。对他来说，这无疑是一生中最困难的事情了，眼屎已经像胶水一样糊住了他的双眼，他竭尽全力，才露出一条细缝。他慢慢地，慢慢地将所有的人看了一遍，将房子里的一切看了一遍，最后，将目光停落在外婆脸上，吵吵闹闹一辈子，终于到了分别的时刻了，他有很多话要跟她说，可只动了动嘴唇，发不出一丝声音……眼前的一切开始变得模糊，因为眼泪正不断渗出来……他将眼睛闭上，闭眼的过程，也是极其缓慢的，像一盏油灯烧完了油，火焰慢慢地、慢慢地缩小，然后熄灭了。几乎与此同时，他的肚子微微隆起，双腿像伸懒腰一样往前一伸，咽下了最后一口气，那只举到半空的苍老右手，好像要抓住什么东西往上爬，但什么也没有抓住，突然无力地垂落下来，耷拉在床沿，就像一条用旧的抹布。

片刻的死寂之后，撕心裂肺的哭泣声从浅绿色的窗户里冲出来。村子里的狗受到了惊吓，狂吠不止，一只猫受了惊吓，从屋顶上掉下来，带下了几块瓦片。整个村子都陷入了悲伤，村里人知道一个长辈走了，一个好人走了。

不知道过了多久,哭声终于停止,村子安静极了,像被掏空了一般。夜色越来越黏稠,外公的离去,似乎让黑暗变得庄重肃穆。他的衣服,仍然像豆腐一样,整整齐齐地叠在床边,在最后的时刻,仍然保持着生命的尊严。而就在那天上午,乡卫生院的小张医生还来给他打吊针,这些药水,并没有实际的作用,只是一种心理的慰藉罢了。医生离开的时候,外公竟然动了动嘴唇,轻声地说了一声"再见"……

人间一别

茶馆

　　昨夜,又落了雪,早上起来,天光亮得就像擦亮的银色杯盏。雪悄悄覆盖了田畴,树木更加孤独,就像一幅未完成的素描,房子因为有了粗粗的白眉毛,显得憨态可掬。只是,村子与村子之间的距离,显得格外遥远,就像是另外一个国度,可望而不可即。远处的山,也比往日更加清晰,她静静地卧着,神态安然,像一头花白的奶牛。炊烟升起来,看上去比往日更加疲惫。有人从热乎乎的屋子里出来,脚刚跨出,就像弹簧一样缩了回来,进门添了两件毛衣,然后,踩着咯吱咯吱的雪,到街上去了。

　　临近年关,人们嘴上虽然咒骂着这鬼天气,心里却是乐滋滋的。因为终于找到借口好好休息一下了。男人们最喜欢的去处是茶馆,因为茶馆门口,昨天就贴了张红纸,县城里来的说书人,要给大家讲《玉娇龙》。茶馆外面摆着五只炉子,上面铝质的水壶不约而同地吹起了口哨。老板是个留着山羊胡子的老头,精瘦精瘦,他将两只手塞在袖筒里。

刚入冬的时候,里屋的门上就挂起了军绿色的厚帘子,一撩开帘子,就有一股子热气扑面而来,感觉像是进了澡堂子。说书的人还没有来,老人们像往常一样,坐在自己的位置上,摸着纸牌。看牌的人,一只手拿着酥脆的烧饼,一只手拿着茶壶,吃一口饼,喝一口水,发出夸张的咕嘟声。光线不好,茶馆里早早就亮起了日光灯,乌漆的桌面,早已被磨得光滑锃亮。

我是跟着外公进去的,因为,从早上一起床开始,我就缠着他,要五块钱去买烟花。他没答应。我就死皮赖脸地跟着他,他到哪儿,我就到哪儿。这一招,在以前挺管用的,但是那天却似乎并不奏效。外公刚坐下,就有人给他倒上了茶,他掀开杯盖,吹了吹浮在上面的茶叶末子,呷了一口,然后,解开中山装的风纪扣,从里面掏出一支烟,在指甲盖上敲了三下,点上了。一团淡蓝色的烟雾,飘到我面前,呛得我咳嗽起来。有人问他,打不打牌?他摆了摆手。看了看说书人空空的桌案,又看了看手表。我觉得有些无聊,来到窗户前,哈了口气,在上面画画。

说书人终于来了,他矮胖矮胖,头发梳得光光的,眼皮有点肿。他脱了大衣,露出里面的灰色长袍,样子显得有些滑稽。他鞠了个躬,清了清嗓子,茶馆里顿时安静了下来。除了加水的店小二,再也没有人走动。他开始讲起了故事,那神情十分夸张,好像他就是故事里的人物一样。他说到两位侠客打斗时,我耳边就真的响起了叮当作响的兵器声。

但不知道为什么,我竟然睡着了。说书人说得津津有味,而我也睡得津津有味。睡眠来临得如此突然,让我毫无抵抗之力。

不知道睡了多久,听到了惊堂木"啪"的一声,我被吓醒了。顿时,木条椅挪动的声音响成一片。午饭的时间到了,大家从茶馆里出来,满脸通红。出了门,寒风一吹,我就彻底清醒了。

那个寒冷的上午,是我第一次进茶馆,多年之后,外公去世了,但是,每当我想起他,我却总会想起这个上午。说书人说,欲知后事,且听下回分解,可外公沉睡在泥土之下,再也没有下回了。

梦中所见

下午已逝去了一半,炽热的白光中,开始掺入浅灰的调子。我和外公往镇上走去,准确地说,不是走,是爬。不过,我们手上一点灰尘都没有。地上铺了干净的藤席,从家里一直铺到镇上,不是那种新编的藤席,而是酱色的藤席,年代久远,被身体熨平,被汗水浸渍,清凉如玉。当我们低下身子,像蚂蚁一样仰视世间的一切,熟悉的村子立刻变得陌生起来。村子里没有其他人,所有的房子都空空荡荡,微风带来远山的气味,它从大门进去,又从窗户出来,最后,像鸟一样栖息在树枝上。

外公在前面,我紧随其后。过了村口的小桥,有两条道路通往镇上,一条宽阔,一条狭窄。外公选择了狭窄的那一条。我们像甲虫一样,在路上爬行,有时很快,有时很慢。他如果不停下来讲解,我们就爬得很快,他如果要停下来讲解,我们就爬得很慢。我并不知道,到底要去镇上干什么。在一间倒掉的红砖房前,外公说了很久。那是他当年养蚕的地方。他说,每次卖完蚕茧,养桑的三家人就会聚餐,最令人难忘的是红烧甲鱼,甲鱼的裙边炖烂了,像胶水一样粘嘴。那天晚上,外面下着暴雨,他一边吃甲鱼,一边喝烧酒,喝了整整三斤。说着,他咂了咂嘴,露出幸福的表情。

所有的路都有终点,不知道爬了多久,路被一间房子挡住了。房子周围是一片小树林,密集的枝条遮住了天光。房子是水泥的,有着圆形的拱顶,上面布满了青苔,门口的一双拖鞋,也早已被青苔紧紧拥抱。这里好像许久都没有人住过一样。我这样想着,但没有说出声来。

门锁着。外公从口袋里摸了半天,终于摸出一串钥匙,他一把一把地试,门还是没能打开。或许锁已经锈死了,我心想。外公没有放弃,他继续试锁,光滑如镜的脑门上,开始沁出汗珠。我隐约有一种期待,希望门不要打开,可是,我听到一声脆响,门开了。霉味像关押多年的犯人,纷纷跑出来,我不停打着喷嚏。

房子的内部十分怪异,看上去像一个病房,里面除了一张床,什么都没有。墙壁上的石灰,一片片翘起,像某种脆薄的饼。空气稀薄,令人窒息,我们试图打开窗户,但很快就发现这里根本就没有窗户,圆形的拱顶上有条裂缝,阳光就是从那里慢慢渗透进来,在光线的指引下,我看到墙壁上模糊的雨水痕迹,宛如一只清瘦的小鹿。外公在房子里转了一圈,突然说,你走吧,我就在这里住下了。

房子里光线更加稀薄,我僵持着,不愿意离去,甚至哭了起来。外公像平常一样笑眯眯地说,我只是换一个地方住而已。外公叫我闭上眼睛。当我再睁开时,发现自己已经在房子外面。我不甘心,希望能够说服外公。我四处找门,发现根本就没有门。天色已经黑透,黑暗中传来外公的声音,他叫我回家,千万不要回头,因为一回头,他就不能转世。夜色中,突然出现了一群萤火虫,它们飞得很低,照亮了我脚下的道路,护送我回家。

早起的外婆

外婆去世前的那个冬天特别冷,她却总是起得很早,一到凌晨三点,眼睛就会准时睁开,就像成熟的豆荚叭的一声在风中爆开。世界一片寂静。整个世界都在沉睡,对于一般人来说,冬天离开被窝,就像孩子离开母亲,总是十分不舍的。可她没有,因为汤婆子冷了,被子里没有一丝热气,不再值得留恋。

那个黄铜的汤婆子,又扁又胖,是外公买的,用了整整二十年,是冬天里唯一给她温暖的亲人。整个晚上,她都靠它取暖。其实,家里早就装了空调,但她舍不得开,她说空调一开,电表像风扇一样转得飞快,用不了多少时日,家就败完了。她躺在床上,满脑子想的都是电表的事,就再也睡不着了。

世界一片冰冷,但也并非没有例外。比如,灶膛中间有一只铁罐,吸收了灶膛的余温,过了一个晚上,水还是温的。她就从里面取水洗脸。洗脸是一种仪式,代表着新的一天开始了。出门之前,她做了充分的准备,把自己包得密密匝匝,只露出两只眼睛,为了阻挡脚底的冷气,她穿了三双袜子。

屋外很冷,打开门是需要勇气的,就像跳进了冰冷刺骨的湖水。村子里一片死寂,此时此刻,活着的人和死去的人都在沉睡。她的脚步很轻,像一只猫一样行走,几乎不发出一丁点声响。

几乎每天都有雾。雾是从夜里就开始起,到了早上,推开门,前面的房子好像被人推掉了,整个世界就像个澡堂子。她的眼睛有白内障,看东西本来就有重重叠叠的影子,下了雾之后,世界就更加朦胧了。即便是这样,她还是每天早早地出门,用她的话说,一天不上街,她就觉得自己要发芽了。

她左脚底生了一个鸡眼,本来就走得慢,起了雾后,怕掉到沟里,走得就更慢了。有一次,她在村口见到一个人,便热情地打招呼说:"这么早去哪里啊?"可人家架子大,根本不理她。她有些生气,加快步子走上跟前,咧开嘴笑了起来,那根本不是人,而是一棵树。

出村的道路,两边都是小房子,上面贴着绿色的琉璃瓦,四周贴着白色的瓷砖。其中,有两间小房子,一座住着我的外公,一座住着我的舅舅。外公在世的时候,爱打呼噜,外婆不和他睡在一头,外公每天早上醒来,第一件事情,就是叫一声外婆的名字,听到她蒙蒙眬眬地应了一声之后,他才将心放在肚子里。有时候,她故意不理他,他就着急地起身。她喜欢看他着急的样子。外公的小房子,并没有封死,留了一个活动的口子,到时候,她就从那里钻进去,像钻进他热乎乎的被窝。

每天去一次镇上,是她生活中的一项重要仪式。只要她还有力气去,说明她腿里还有劲,如果哪天走不动了,只能站在自家的场院上远远地望,那就离入土不远了。不过,她也明显地感觉到,最后的时刻越来越近了。她上街的时间越来越长,回到家,她要在躺椅上休息很久才缓过劲来。

街上亮着路灯,散发出惺忪的白光。路上没有人,只有她的影子相伴。她的鞋子在水泥地上发出疲惫的摩擦声,像是被人硬拉着往前走。拐过一个拐角,她进入了破败的老街,街上只有一家商铺开了门,煤球炉上的水滚了,热气弥漫,宛如仙境。

那是一家卖早餐的小店,专门做团子。因为时间尚早,店里只开了一盏灯。店主只要听到脚步声响起,不用抬头,就知道她来了。她也不开口,在自己常坐的位置上坐下来,不一会儿,三个青菜馅的团子、两个萝卜丝馅的团子便端到了她面前。她的胃开始暖和起来,手脚也开始暖和起来。以前,只有过年的时候,才能吃上团子,如今,每天都能吃到,这让她觉得每天都是节日。她知道,时间已经不多了,她唯一能做的,就是把每一天都当成最后一天来过。

一只橘子

大姑妈已去世多年,每每想起她,我总会想到她给我买橘子的那个傍晚。那是一个冬日的傍晚,天阴沉沉的,像是要下雪的样子,街道上行人很少。我放了学,像袋鼠一样一跳一跳地往家里走去。风很冷,一阵大过一阵,好像要把我的耳朵吹落了。我只好把领子竖起,将脖子缩在里面。

过了供销社,有几家水果摊,一排毛竹支起的篷子,围着军绿色的油毡布。摊主的脸,一个个冻得发紫,多年以后,每次吃布林的时候,我总是想起他们的脸。对于这些水果,我总是视而不见,因为它们是可望而不可即的,在我的记忆中,家里从来没有买过水果。只有到过年的时候,城里的亲戚到来,才会带来几只苹果,或者一串香蕉。有一次,我去一个同学家玩,看到桌子上排满了青苹果,在阳光的照耀下,每一只苹果都神采奕奕,这样的景象,让我惊愕不已。

在我们家,一个苹果,至少要分成四份。我已是小学五年级了,但从来没有吃过一个完整的苹果。至于香蕉嘛,也要像香肠一样切成一片片,吃的时候,我连皮都舍不得扔,皮上那层米粉一般软绵绵的东西,我都要用牙齿刮干净。最幸运的是,我还吃过一颗龙眼呢。我有一个玩伴,家里很有钱,他父亲从上海出差回来,带来了龙眼。此前,我从未听说过有这种水果。我磨了半天的嘴皮,终于讨了一颗,雪白的果肉很甜,但只有薄薄的一层,我嚼了整整一个下午,仍然舍不得吐掉,直到舌头都快抽筋了,才不得不吐掉。我在门前的空地上,挖了一个坑,把吃剩的果核小心地埋在里面,盖上土,浇上水,希望有朝一日,能长出一棵龙眼树来。

走到在水果摊前,我见到了大姑妈,她虽然住在镇上,但我并不常见到她,她经常不在家,她总是很神秘,没有人知道她何时到来,何时离开。我叫了她一声,她很亲热地叫我过去,问:"你想吃什么水果?"我说:"随便。"她说:"你说出哪种水果的英语,我就买哪种。"我为难地说:"我才五年级,英语要初中才学呢。"她一听,脸上便有微笑晕开,拿起一只金黄的橘子,得意地说:"orange。"我跟着说:"饿了鸡。"她皱了皱眉头说:"舌头要卷起来,orange。"我又学了一遍:"饿了晕鸡。"这下她满意了。

她在排得整整齐齐的橘子面前翻着,每个都拿起来看一看,好像不是买橘子,而是一个母亲在寻找着失散多年的孩子。摊主见她如此挑剔,皱着眉头,一脸不快。不知道挑了多久,大姑妈终于挑出了五只橘子,又从中间挑了最大的一只说:"这只最漂亮,来,称一称。"摊主从未遇到这样的主顾,以为自己听错了,似笑非笑地说:"只要一个?"她像一个大慈善家一样,叹了口气说:"你是不知道,他父母从来舍不得买水果。"穷人最怕别人说穷,我也不例外,像被人当众脱了裤子,窘得不行,脸上一阵阵发烫。摊主早已不耐烦,也懒得称,放在手里掂了掂说:"三毛。"大姑妈却怕被摊主占了便宜,坚持要称,摊主无奈,一称,竟然一分不多,一分不少,他得意地咧开了嘴。

　　姑妈接过橘子,将皮剥了,又把果肉上的白丝一缕缕撕掉,分了一半,递给我说:"你自己吃就好,千万不要告诉你哥。"我心里咯噔了一下,没有吭声,只是轻轻点了点头。橘子很甜,但不知道为什么,吃到我嘴里却是酸的。

归期临近

归期一天天临近,闭上眼睛,故乡的景象顷刻出现在眼前。虽然身在千里之外,我却感觉自己离故乡从来没有这么近过。我能感觉到又低又黑的屋檐下,一只在风中摇晃的竹篮,我能感觉到带着稻草芳香的炊烟从我脸颊上拂过。我能感觉到故乡的黄昏,那种玫瑰的色彩,照彻着河流、屋脊、草垛和广阔的平原。树木站在村庄的最高处,风从树枝间穿过,让人感到一阵阵的寒意。黑暗和寒冷即将覆盖一切。屋子里炉火正旺,蜂窝煤的十五个孔眼,像十五颗小小的太阳。淡蓝的火苗在跳跃,像我童年时走路的姿势,又像是少年时或真或幻的忧愁。铝制的水壶锃亮,吐着悠闲的烟圈。父亲在喝酒,微醺的脸,绯红如一枚火柴头。此刻,屋子里的一切,多么温暖!多么亲切!

归期一天天临近,我却感觉到不知所措,我不知道第一句应该跟父亲说些什么,我不知道应该在家里住上多少时日,我整夜整夜地睡不着觉。或许所有异乡的夜晚都是失眠的夜晚,只有回家了,才能在米粒的光芒里,在木器的芳香里,在熟悉的谈话里,品尝睡眠的酣甜。我已记不清那一年,我是三岁,五岁,还是七岁。我只记得那是一个秋天的午后,阳光如同盛开的菊花一样金黄。我就在高高的草垛上睡着了,像是装在陶罐里的茶水。这是我一生中最甜美的睡眠啊!风在我耳畔歌唱,麻雀在我身上散步,一切我全然不知。我也不记得我梦见了什么。我只记得,九月里墨绿的地平线,还有大片大片刈倒的稻子。

  归期一天天临近,我一次次看见抠马兰的女人,风吹动她的蓝格子上衣。风吹动忧伤的平原,风吹动广阔的道路。抠马兰的女人,蹲在草地里,她的背影就是那些逝去的夜晚啊!我看见她转过身去,我知道啊我知道,她是要拭去眼角的泪水。当黑暗俯下身来亲吻大地的时候,抠马兰的女人,方才提着竹篮往家里走去。那个抠马兰的女人,不是别人,正是我的母亲。

除夕夜的火焰

傍晚时分,太阳回家了,远山清清爽爽,像是刚刚从理发店里剃完头、刮完胡子出来,村子里,房舍静穆,像做礼拜时的基督徒,脸上散发出安详的光芒。场院被打扫得干干净净,如同晚餐前洗过的手掌。菜园里,稻草覆盖的十几棵黑塔菜,此刻显得有些孤寂。北风吹着篱笆上的竹管,发出呜呜呜的声音,这声音,听起来寒气逼人。通往镇上的道路,空空荡荡。此刻,镇上的铺子大部分都关门了,没有关门的是烟花店,老板缩在墙角,将手塞在棉袄的袖子里,他的耳朵长满冻疮,像黑木耳一般,有人从他面前经过时,他的小眼睛就会立即绽放光芒,有人放慢脚步时,他就热情地招呼起来。

村子里有一种甜蜜的寂静,以往,每到这个时候,村子的某个地方总是会传来孩子们的哭声,今天,却一声也没有听到,在这个吉祥的日子里,大人们不会轻易发脾气,他们总会尽量满足孩子们的要求。铁灰色的炊烟刚升起来,就被风吹入旷野。父亲从镇上回来,开始准备团圆饭,听到锅碗的响动声,我和哥哥都跑到了厨房。四个人,就像四朵燃烧的火焰。灶洞里,放着洗过的棉鞋,记得小时候,每到大年初一早上,我们就会在里面见到方糕和压岁钱,不知道母亲是什么时候放进去的。

灶膛里的柴火格外兴奋,火焰在干燥的树枝上急速滑行,如同溜冰的运动员,从柴火的这端,嗖地一下,跑到了另一端,眼看着就要掉下去了,晃了晃,又跳到另一根柴火上,偶尔发出的毕剥声响,就像是为它的表演在鼓掌。不一会儿,厨房里便热气腾腾,像一个仙境。一家人守在灶边,一边剥着瓜子,一边说着这一年里发生的大大小小的事情,谈话很温暖,如同掀开锅盖时扑面而来的热气。狗将身子蜷起,躺在草结上,一双乌溜溜的眼睛看着我们。

案台上,鸡和鸭早已煮好,挤在幽暗的竹篮里,散发出诱人的微光。刚出锅的猪手、蹄髈和猪耳朵,冒着热气,油珠正在往下滴。外锅煮着饭,父亲在里锅炒菜,炒好的菜,搁在外锅的锅盖上保温。父亲每年做的菜都是八个,有红烧鳊鱼、糖醋排骨、鲫鱼汤、火腿香菇粉丝汤、芥菜炒冬笋、卤水拼盘、凉拌胡萝卜丝,还有风鸡。鲫鱼汤、芥菜炒冬笋和风鸡是我的最爱,父亲做的鲫鱼汤,汤色奶白,口感如丝一般滑爽,初入口中感觉鲜美无比,余味芳香而绵长。芥菜和冬笋,都微微有些涩嘴,但两个结合在一起,却又香又脆,除夕夜的这道菜格外好吃,因为父亲用的是最嫩的笋尖。风鸡的制作有点特别,在制作前一天,不喂饲料,只喂清水,鸡不去毛,只去除内脏,在肚子里塞盐、糖及花椒、茴香等香料,然后,用稻草包裹得结结实实,倒挂在风中,约半个月时间。我个人觉得风鸡做冷盘味道最好,肉质无比细嫩,咬一口,便感觉嘴里有暗香萦绕。我们最喜欢吃什么菜,母亲最了解,端菜的时候,总会把最喜欢的菜放在我们的手边。

煤炉里的水烧开了,呜呜的叫声,像是老式的火车,此时此刻,这声音,不会让我们伤感,因为一家人都回来了。父亲换了煤球,把红枣莲子汤放在了上面,这是我们的消夜,晚上,一家人坐在被窝里,一边看春节联欢晚会,一边打扑克牌,睡觉之前,吃上一小碗红枣莲子羹,心里热乎乎的,甜丝丝的。

外面,风刮得越来越大,夜色正在无声加重,像刷油漆一样,刷了一遍又一遍,狗似乎闻到了雪的气味,高兴地叫唤起来。米饭煮熟了,空气里弥漫起一种清甜的香味。父亲掀开饭锅,从蒸架上取下封缸酒。我们一家人都不太会喝酒,喝一杯,脸就红了,喝两杯,腿就软了,喝三杯,头就晕了,可父亲说,今天晚上,无论如何都要喝点酒的。是啊,我和哥哥都在外地工作,一家人的团聚,是父母日日夜夜的期盼,这珍贵、美好的时刻,的确值得好好庆贺。